Circus Barone & der Fluch des Papageis

AMANDA

Joachim Friedrich

CIRCUS Barone & der Fluch des Papageis

Mit Illustrationen
von
Edda Skibbe

Thienemann

Amanda X

»Amanda X – Hellseherin, Medium und Geisterbeschwörerin – Sprechstunde nach Vereinbarung«: So steht es an ihrer Haustür und Amanda X ist nun wirklich keine gewöhnliche Haushälterin. Eigentlich heißt sie Else Schmitz, doch ihre Freunde und Kunden kennen sie nur unter ihrem Künstlernamen: Als Amanda X veranstaltet sie zaubergalaktische Geisterkränzchen und liest die Zukunft je nach Wunsch aus Kaffeetassen oder Kristallkugeln. Zu einem Mandellikörchen sagt sie ungern Nein, aber am meisten Spaß macht ihr die Aufklärung von Kriminalfällen.

Sister X

Amanda besitzt nicht nur eine Kristallkugel, sondern auch ein Schaf. Genauer gesagt ein außerirdisches Schaf mit Sonnenbrille. Wenn Sister X nicht gerade auf Amandas Dachterrasse grast, unterstützt sie das zaubergalaktische Geisterkränzchen als Medium. Sister X hat den gleichen Wuschelkopf wie Amanda und die beiden sehen sich einfach zum Verwechseln ähnlich – wie Schwestern eben.

Ricki und Blümchen

Ricarda Kaminski, genannt Ricki, dünn, rothaarig, mit jeder Menge Energie und Sommersprossen, musste die Schule wechseln, als ihr Vater wieder einmal versetzt wurde. Schon am ersten Schultag lernte sie Blümchen kennen, die eigentlich Julia Wolff heißt. Blümchen trägt am liebsten Blümchenröcke und weiße Blusen. Das ist zwar nicht angesagt, aber über Blümchen macht sich niemand lustig, denn sie trainiert mit ihrem Opa im Boxclub und ihre Linke ist allgemein gefürchtet.
Ricky und Blümchen haben nur noch Vater bzw. Mutter, was nicht immer einfach für sie ist. Dafür sind sie aber die besten Freundinnen!

Opa Schraube

Opa Schraube war Profiboxer und es wird gemunkelt, er sei schon in der Boxhalle geboren worden.
Fest steht, dass er Blümchens Opa ist und beste Verbindungen zu gewissen Kreisen unterhält …

Das zaubergalaktische Geisterkränzchen

Andere Damen im vorgerückten Alter mögen sich mit schlichten Kaffeekränzchen begnügen: Amanda X, Hedwig und Elsbeth, die unähnlichsten zweieiigen Zwillinge, die man sich vorstellen kann, und Eleonore Freifrau von Hoppenstedt veranstalten Geisterkränzchen, auf denen sie mit ihren verstorbenen Angehörigen plaudern …

Kommissar Kaminski und Frau Wolff

Rickis Vater und Blümchens Mutter haben einiges gemeinsam. Nicht nur, dass sie in Amandas großem Haus unter einem Dach wohnen. Sie haben auch die gleiche Schwäche für Kriminalfälle. Horst Kaminski tut als Kripobeamter sein Bestes, um seinem großen Vorbild Schimanski nachzueifern. Und Gerda Wolff hat eigens ein Detektivbüro eingerichtet, um auf Verbrecherjagd zu gehen. Dass die beiden noch viel mehr miteinander verbindet, erfahren sie erst nach und nach …

∗ 1 ∗

Wenn sie sich auch sonst auf der Straße ankläffen, hier saßen sie friedlich wie die Orgelpfeifen nebeneinander: ein Rauhaardackel, ein Pudel, ein Schäferhund und ein Bernhardiner. Wahrscheinlich rührten sie sich nicht, weil sie sich darüber wunderten, was hier, in Elsbeths Hundesalon, mit ihnen angestellt wurde.

Eine von Elsbeths Friseurinnen zog dem Dackel einen schnurgeraden Scheitel. Der Pudel saß mit Lockenwicklern in seinem rosa gefärbten Fell unter der Trockenhaube. Und dem Schäferhund tropften Schaumflocken von seinen Ohren, der arme Kerl wurde gerade gebadet. Ich habe selten einen Hund mit einem so traurigen Gesicht gesehen. Der Bernhardiner hatte das Bad schon überstanden. Eine andere Angestellte Elsbeths stand mit knallrotem Gesicht neben ihm. Sie versuchte verzweifelt sein langes Fell mit einem riesigen Föhn zu trocknen. Und dazwischen wuselten die Frauchen der gequälten Kreaturen herum.

Als die vier Sister X entdeckten, vergaßen sie alles, was ihnen ihre Frauchen darüber beigebracht hatten, wie man sich als Hund in einem Hundesalon benimmt.

Der Dackel kümmerte sich nicht mehr um seine korrekte Frisur, der Pudel warf die Trockenhaube um und der Schäferhund verteilte das Badewasser auf dem Boden. Der Bernhardiner kam sogar samt Föhn und Friseurin auf uns zugerannt.

Hätten Blümchen und ich das zum ersten Mal erlebt, wären wir sicher vor Angst schreiend davongelaufen. Aber so war es immer, wenn wir mit Sister X Elsbeth in ihrem Hundesalon besuchten.

Auch dieses Mal betrachtete Amandas Schaf die wild kläffenden Hunde durch ihre Sonnenbrille und bewegte sich nicht von der Stelle. Nur einen Schritt vor ihr bremsten die vier, wie auf Kommando, plötzlich ab. Sie standen einen Augenblick lang regungslos da, legten den Kopf schief, setzten sich hin und hoben eine Pfote.

Meine Freundin Blümchen sah mich an. »Das glaube ich einfach nicht, Ricki. Echt nicht.«

Sister X ist vielleicht nicht außerirdisch, wie Amanda immer behauptet, aber sie ist schon ein sehr ungewöhnliches Schaf.

Elsbeth kam mit roten Ohren angelaufen. »Musst du Sister X unbedingt mitbringen, wenn ihr mich besucht, Amanda? Sie bringt die kleinen Lieblinge meiner Kunden immer völlig durcheinander!«

»Das liegt an den zaubergalaktischen Fähigkeiten von Sister X«, sagte Amanda mit wichtigem Gesicht. »Tiere spüren das noch mehr als Menschen.«

»Ich glaube eher, die Hunde haben Angst vor einem Schaf mit Sonnenbrille«, erwiderte Elsbeth.

»Während unserer Séancen zweifelst du ja auch nicht an Sister X«, meinte Amanda beleidigt.

Unsere Haushälterin Amanda X veranstaltet an jedem Freitag ihr Geisterkränzchen. Außer der langen, dünnen Elsbeth aus dem Hundesalon und ihrer kleinen, rundlichen Zwillingsschwester Hedwig gehört auch noch Eleonore Freifrau von Hoppenstedt dazu, eine echte Adlige mit Schloss, Butler und allem Drum und Dran. Meistens reden sie dann mit dem Papa von Elsbeth und Hedwig, der angeblich die Harfe in einem Engelschor spielt. Meine beste Freundin Blümchen und ich sitzen oft still in einer Ecke und hören zu, worüber sich Elsbeth und Hedwig mit ihrem Papa unterhalten. Meistens haben wir anschließend Halsschmerzen, weil wir uns dauernd das Lachen verkneifen müssen.

»Unsere Séance ist freitags«, sagte Elsbeth. »Und heute ist erst Mittwoch. Was gibt es denn?«

Amanda zuckte mit den Schultern. »Nichts, eigentlich. Es ist schönes Wetter, die Mädchen haben Ferien und Frau Wolff hat in ihrer Detektei gerade keinen interessanten Fall. Also hatten wir alle Langeweile. Darum haben wir gedacht, wir schwingen uns auf Bubi und besuchen die gute alte Elsbeth auf ein Tässchen Kaffee und eine Schokolade für Ricki und Blümchen.«

Bubi ist Amandas altes Knattermotorrad mit Beiwagen. Für Blümchen und mich gibt es kaum etwas Schöneres, als mit Bubi zu fahren. Blümchen sitzt dann immer bei Sister X im Beiwagen, während ich die Fahrt auf dem Sozius genieße. Papa und Frau Wolff, Blümchens

Mama, sehen das zwar nicht so gerne, aber das ist uns egal.

Elsbeth wedelte mit den Armen in der Luft herum. »Ach, ich würde ja gern mit euch Kaffee trinken, aber ich kann nicht! Es ist so schrecklich viel zu tun!«

»Warum denn?«, fragte ich. »Gibt es wieder eine Hundeausstellung in der Stadt?«

Elsbeth kam ein Stück näher. »Stellt euch vor«, sagte sie mit gesenkter Stimme, als würde sie uns das Geheimnis des Jahrhunderts anvertrauen. »Eine Dame vom Zirkus ist hier. Sie dressiert Hunde und tritt damit auf. Sie ist hergekommen, um ihre kleinen Lieblinge von uns ein wenig herrichten zu lassen. Übermorgen ist die erste Vorstellung hier in der Stadt.«

»Der Zirkus!«, rief Blümchen. »An dem Zelt sind wir doch neulich vorbeigefahren!«

Amandas Augen leuchteten. »Zirkus! Das ist ja zaubergalaktisch! Willst du uns der Dame nicht vorstellen?«

Elsbeth wedelte noch ein wenig aufgeregter mit den Armen. »Muss das sein, Amanda? Du hältst meine Leute nur von der Arbeit ab.«

»Ach, Elsbeth«, seufzte Amanda. »Du bist eine meiner besten Freundinnen. Aber wenn es um deinen Hundesalon geht, bist du unausstehlich. Also, wo ist die Dame?«

Uns ständig ermahnend, wir sollten nichts anfassen, nichts kaputtmachen und niemanden stören, führte uns die aufgeregte Elsbeth in einen der Räume ihres Hundesalons. Dort saßen, brav nebeneinander, vier weiße Pudel und ein kleiner, schwarzer Mischlingshund und wurden gerade geföhnt. Hinter den Hunden lief eine Frau auf und ab und beobachtete alles mit Argusaugen. Die Frau hatte die Figur von Elsbeths Schwester Hedwig und war auch nicht viel jünger als Amanda und ihre Freundinnen. Sie trug ein knallbuntes, weites, langes Kleid und dazu grellorangefarbene hochhackige Schuhe. Ihre Haare hatte sie zu einer Frisur aufgetürmt, die mich an den Schiefen Turm von Pisa erinnerte.

Als sie uns sah, blieb sie stehen und sah uns fragend an. Dann fiel ihr Blick auf Sister X und ihr Gesichtsausdruck veränderte sich. Vermutlich fragte sie sich, ob wir auch vom Zirkus sind.

Ihre Hunde betrachteten Sister X gelangweilt. Wahrscheinlich waren sie vom Zirkus her an die verschiedensten Tiere gewöhnt. Da brachte sie ein Schaf mit Sonnenbrille auch nicht aus der Ruhe.

Amanda ging lächelnd auf die Dame vom Zirkus zu. »Ich freue mich Sie zu treffen. Mein Name ist Amanda X. Ich bin Hellseherin, Medium und Geisterbeschwörerin. Und das ist mein außerirdisches Schaf Sister X. Es hat übersinnliche Fähigkeiten, müssen Sie wissen.«

Die Frau lächelte zurück. »Angenehm. Ich heiße Lulu Lumpi. Ich arbeite beim Circus Barone, der gerade in Ihrer Stadt gastiert. Ich trete dort mit einer Hundedressur auf. Sagen Sie einfach Lulu zu mir.«

Sie nahm Amandas Hand und schüttelte sie kräftig

durch. Über Sister X und Amandas Arbeit als Hellseherin, Medium und Geisterbeschwörerin verlor sie kein Wort. Wahrscheinlich sind die Leute vom Zirkus selbst ein bisschen verrückt und finden Amanda deshalb völlig normal.

»Zirkus!«, rief Amanda. »Der hat mich schon als Kind fasziniert! Leider kommt viel zu selten ein Zirkus in unsere Stadt.«

»Das könnte sich bald ändern«, meinte Lulu mit einem kleinen Lächeln.

»Wie schön«, strahlte Amanda. »Nicht wahr, Ricki und Blümchen? – Ach ja, ich habe Ihnen ja noch gar nicht meine Begleiterinnen vorgestellt. Das sind Ricarda Kaminski und Julia Wolff. Wir nennen sie aber nur Ricki und Blümchen.«

»Weil ich so gern Blümchenröcke trage«, ergänzte Blümchen.

»Frau Wolff, Blümchens Mutter, hat auch beim Zirkus gearbeitet«, plapperte Amanda weiter. »Sie hat als Seiltänzerin …«

»Wolff?«, unterbrach Lulu sie. »Meinen Sie etwa Gerda Wolff, die einen Unfall hatte und sich dann aufs Schminken spezialisiert hat? Und die dann – aus dem Zirkus ausgeschieden ist?«

Beim letzten Satz hatte Lulu kurz gestockt. Blümchen und ich sahen uns an. Den Grund dafür kannten wir nur zu gut.

»Ja, das ist meine Mama«, antwortete Blümchen. »Kennen Sie sie?«

Lulu schlug die Hände zusammen. »Und ob ich sie kenne! Wir waren doch beim selben Zirkus. Dann musst du die kleine Julia sein! Meine Güte! Als ich dich das letzte Mal sah, warst du noch ein Baby! Das muss schon mehr als zehn Jahre her sein. Himmel, wie die Zeit vergeht!«

»Ich kann mich leider nicht an Sie erinnern. Ich war wohl noch zu klein«, sagte Blümchen schüchtern, als müsse sie sich dafür entschuldigen.

»Das macht doch nichts!«, rief Lulu. »Wie geht es denn deiner Mama?«

»Es geht ihr gut«, antwortete Amanda für Blümchen. »Sie hat eine Privatdetektei gegründet, zusammen mit Rickis Vater. Aber seit Herr Kaminski wieder bei der Polizei arbeitet, betreibt sie die Detektei ganz allein. Und ich bin die Haushälterin der Kaminskis. Alle wohnen wir zusammen in meinem Haus. Das ist doch zaubergalaktisch, oder?«

»Gerda eine Privatdetektivin! Die gute Gerda. Sie kann wirklich alles und lässt sich nie unterkriegen. Ach, wie gern würde ich sie wieder sehen!« Plötzlich schoss Lulus Zeigefinger auf Amanda zu. »Wissen Sie was? Übermorgen geben wir unsere Eröffnungsvorstellung. Wie wäre es, wenn Sie alle kommen? Ich lade Sie ein! Dann treffe ich Gerda wieder und wir können über alte Zeiten plaudern. Ach, wäre das schön!«

»Wir kommen natürlich gerne«, antwortete Amanda sofort. »Vielen Dank für die Einladung.«

»Dürfen meine Schwester Hedwig und ich auch mitkommen?«, fragte Elsbeth vorsichtig, die bei dem Geschnatter von Amanda und Lulu überhaupt nicht zu Wort gekommen war. »Und Eleonore vielleicht auch? Sie ist eine sehr nette Dame. Alter Adel!«

»Sicher!«, rief Lulu. »Bringen Sie sie alle mit!«

»Aber dann bräuchten wir zehn Plätze. Ist das nicht zu viel?«, fragte Amanda noch einmal nach.

»Nein, nein, das geht schon in Ordnung. Carlos Barone, unser Direktor, wird nichts dagegen haben. Schließlich ist Gerda eine alte Kollegin.«

»Warum brauchen wir denn zehn Plätze?«, fragte Blümchen Amanda auf dem Weg nach Hause. »Mit Opa komme ich nur auf neun.«

Amanda sah sie verständnislos an. »Sister X kommt selbstverständlich auch mit. Penelope können wir zu Hause lassen. Der würde sowieso die Vorstellung verschlafen.«

Wie Recht Amanda damit hatte, merkten wir, als wir nach Hause kamen. Penelope lag in seinem Körbchen und schnarchte. Er ist Amandas schwarzer Kater und schläft immer. Wenn wir ihn zum Essen nicht wecken würden, wäre er sicher schon verhungert.

»Habt ihr Penelope gefüttert?«, fragte Amanda, als wir in ihre Küche kamen.

Papa, Frau Wolff und Opa Schraube waren schon da. Opa Schraube ist der Vater von Frau Wolff. Wie er richtig heißt, weiß ich gar nicht. Ich glaube, das weiß noch nicht einmal Blümchen. Alle, auch seine Freunde, nennen ihn nur Schraube, weil er so gern alles Mögliche repariert, dabei aber immer mindestens eine Schraube übrig bleibt.

»Seid ihr etwa mit Bubi unterwegs gewesen?«, fragte Blümchens Mama zurück. »Ihr wisst doch, dass wir das nicht gerne sehen.«

»Da hat Frau Wolff Recht«, sagte Papa. Er hatte an diesem Abend wohl das Kochen übernommen. Er stand am Herd und schnitt heulend eine Zwiebel.

Amandas Haus ist so groß, dass wir alle eine eigene Wohnung haben: eine für Papa und mich, eine für Blümchen, Frau Wolff und Opa Schraube und natürlich eine für Amanda. Und dann ist sogar noch Platz für das Büro der Detektei. Amanda wohnt in der obersten Etage in der größten Wohnung, mit unglaublich vielen Zimmern. Sogar eine Bibliothek ist dabei. Auf dem Dach des Nachbarhauses hat sie für Sister X eine Wiese mit einem Stall eingerichtet. Aber obwohl wir so viel Platz haben, sitzen wir, wann immer es geht, in Amandas Küche zusammen.

Papa wischte sich mit dem Hemdsärmel die Augen. »Sie wollten mir gerade von Ihrem neuen Klienten erzählen«, sagte er zu Frau Wolff.

»Ach, wieder so eine Versicherungsgeschichte. Ich soll den Zeugen eines Autounfalls ausfindig machen. Ich hatte mir das Leben eines Privatdetektivs wirklich spannender vorgestellt.«

»Bei der Polizei ist es meistens auch nicht aufregender«, seufzte Papa.

»Dafür haben wir eine Neuigkeit, die ist umso aufregender!«, rief ich.

»Lulu Lumpi.« Gerda Wolff schüttelte den Kopf, als wir von unserem Erlebnis in Elsbeths Hundesalon berichteten. »Die hatte ich schon fast vergessen.«

»Ist es nicht toll, dass sie uns alle zur Eröffnungsvorstellung eingeladen hat?«, rief ich.

Frau Wolff sah mich lange an. »Ich weiß nicht«, sagte sie dann zögernd. »Eigentlich wollte ich mit all dem nichts mehr zu tun haben.«

Opa Schraube ließ aufgeregt seinen Zigarrenstummel kreisen, der wie immer in seinem Mund festgewachsen zu sein schien. »Gerda! Ich verstehe dich nicht! Du hast doch sonst vor nichts Angst und wirst mit allem fertig. Und dann willst du kneifen, nur weil eine alte Kollegin dich eingeladen hat? Du kannst doch nicht dein ganzes Leben vor deiner Vergangenheit davonlaufen!«

Blümchens Mama sagte nichts und starrte auf den Teller vor sich.

»Äh – ich bin schon lange nicht mehr im Zirkus gewesen«, sagte Papa vorsichtig in die Stille hinein. »Ich würde mir gern wieder mal eine Vorstellung ansehen. Es wird bestimmt schön – auch für Sie.«

Gerda Wolff holte tief Luft und seufzte. »Wahrscheinlich habt ihr Recht. Also gut, dann gehen wir halt hin.«

»Mama war ja nicht gerade begeistert davon, in den Zirkus zu gehen«, sagte Blümchen, als wir in ihrem Bett lagen.

Auch wenn wir eigentlich jeweils unser eigenes Zimmer haben, schlafen wir jede Nacht zusammen in einem Bett, immer abwechselnd bei mir und bei ihr.

»Wahrscheinlich hat sie vor der Erinnerung Angst«, sagte ich.

Blümchen nickte. »Nicht nur sie. Ich auch.«

Blümchens Papa war Raubtierdompteur. Er und Frau Wolff hatten sich im Zirkus kennen gelernt. Als Blümchen noch klein war, ist er mit einer anderen Frau fortgelaufen. Und diese Frau war ausgerechnet meine Mama. Das hatten Blümchen und ich erst vor kurzem herausgefunden. Wir hatten es Amanda erzählt, aber nicht Papa und Frau Wolff. Wir wollten sie nicht zu sehr aufregen.

Blümchen und ich konnten diesen unglaublichen Zufall immer noch nicht ganz fassen. Seit ich denken kann, war Papa schon drei oder vier Mal in eine andere Stadt versetzt worden. Das liegt daran, dass er sich in seinem Beruf nicht gerade geschickt anstellt. Blümchen hatte ich in der Schule kennen gelernt, als wir vor kurzem in diese Stadt kamen. Und ausgerechnet wir waren von Anfang an die besten Freundinnen geworden. War das wirklich nur ein Zufall?

»Bestimmt wird es nicht so schlimm«, versuchte ich meine Freundin zu beruhigen.

»Ich freue mich ja auch schon auf den Zirkus«, antwortete sie, schon halb schlafend.

Am Freitagabend machten wir uns alle gut gelaunt auf den Weg zum Circus Barone. Eleonore hatten ihren Rolls-Royce geputzt, in dem sie, Hedwig und Elsbeth schnatternd Platz nahmen. Frau Wolff, Papa und Opa Schraube fuhren mit unserem Auto. Amanda, Sister X, Blümchen und ich knatterten auf Bubi hinterher.

Doch kaum waren wir am Zirkus angekommen, wurde unsere Laune auch schon wieder getrübt.

»Und wenn Ihr Schaf hundertmal außerirdisch ist, in den Zirkus kommt es nicht hinein!«, schimpfte die Frau in dem Kassenhäuschen, wo Lulu unsere Eintrittskarten hinterlegt hatte.

»Aber Sister X ist ein ungewöhnlich intelligentes Schaf«, erwiderte Amanda. »Intelligent und übersinnlich. Es kann die Vorstellung so gut verfolgen wie wir.«

»Das ist mir egal! Die Vorstellung ist für Menschen und nicht für Schafe! Am Ende köttelt es noch auf die Sitzbänke!«

Inzwischen hatte sich ein Menschenauflauf um uns versammelt. Papa, Frau Wolff und Opa Schraube versuchten so zu tun, als gehörten sie nicht zu uns.

»Was gibt es denn?«, hörten wir endlich die Stimme von Lulu Lumpi, die sich einen Weg durch die Menschenmenge bahnte. Sie trug ein anderes Kleid als das letzte Mal, aber es war genauso lang, weit und bunt. Dazu hatte sie dieses Mal knallgelbe Schuhe angezogen.

»Sie will Sister X nicht in den Zirkus lassen!«, beschwerte sich Amanda.

»Nun ja«, sagte Lulu zögernd. »Ein Schaf im Zuschauerraum ist auch sehr – ungewöhnlich.«

Nach einigem Hin und Her einigten sie sich darauf, dass Sister X draußen am Eingang stehen durfte. So konnte sie zumindest alles hören.

Dann endlich konnte Lulu Frau Wolff um den Hals fallen und vor Freude ein paar Tränchen vergießen. Blümchens Mama tat ihr Bestes, damit es so aussah, als würde sie sich genauso freuen wie ihre alte Kollegin.

Als Amanda einen Platz gefunden hatte, der Sister X gefiel, sprach sie ihrem Schaf noch einige tröstende Worte zu. Dann schleppte uns Lulu zu einem Mann mit Frack und Zylinder. Er stand am Einlass zur Manege mit zwei anderen Männern und einer Frau in Zirkuskostümen. Sie unterhielten sich angeregt. Es sah beinahe so aus, als würden sie sich streiten.

»Das ist Carlos Barone, unser Direktor«, sagte Lulu und zeigte auf den Mann mit dem Zylinder. »Und das ist Gerda Wolff, eine frühere Kollegin, mit ihrer – äh – Familie.«

»Schön, eine ehemalige Kollegin hier zu haben. Lulu Lumpi hat mir von Ihnen erzählt. Ich kenne Ihren alten Zirkus. Nicht schlecht, aber wir haben einiges mehr zu bieten – in aller Bescheidenheit …«

Mitten in den Redefluss des Direktors hinein, nahm einer der Männer, die neben Carlos Barone standen, Gerdas Hand und schüttelte sie.

»Siegfried Roy. Ich war ein Kollege Ihres Mannes Sergej Wolff. Guter Mann, einer der besten. Schade, dass er

nicht mehr dabei ist. Dumme Sache, damals. Ich glaube, da steckte mehr dahinter als nur eine andere Frau.« Noch bevor Gerda Wolff etwas erwidern konnte, verbeugte sich Siegfried Roy kurz und verschwand.

Lulu sah ihm wütend nach. »Ein unmöglicher Kerl! Stur wie ein Ziegenbock!«

»Dafür ist er ehrlich«, meinte Gerda Wolff nachdenklich.

»Das stimmt! Und er ist einer der besten Raubtierdompteure«, sagte der andere Mann im Zirkuskostüm.

»Siegfried sagt nie viel. Aber wenn er etwas sagt, dann meint er es auch so. Ich bin übrigens Drago Rapp und das ist meine Frau Nele.«

»Pferde!«, strahlte der Direktor. »Drago und Nele haben die besten in Europa. Ach, was sage ich, auf der ganzen Welt! Ihre Pferdedressur-Nummer wird Sie begeistern!«

Ein kurzer Blick zwischen Blümchen und mir genügte, um uns einig zu sein. Dieser Drago sah wirklich superklassetoll aus! Aber die Hoffnung, dass er sich auch nur ein klitzekleines bisschen für uns interessieren könnte, schwand, als ich mir seine Frau Nele ansah. Ihr konnte so schnell niemand Konkurrenz machen. Und ich kleines, dürres Gestell mit meinen knallroten Haaren am allerwenigsten.

»Nun übertreibe mal nicht, Carlos«, sagte Nele lächelnd. »Wir sind ganz gut. Aber das sind andere auch.«

»Ja, ja! Bescheiden! Bescheiden!«, schnatterte der Direktor. »So sind sie, meine Schäfchen! Doch nun, husch husch, hinein!«, sagte er dann zu uns. »Die Vorstellung beginnt gleich. Und ihr wollt doch nichts verpassen!«

Lulu hatte wirklich tolle Plätze ganz nah an der Manege für uns ausgesucht. Wir saßen kaum, da spielte die Kapelle auch schon einen Tusch und der Direktor tauchte im Scheinwerferlicht auf.

Carlos Barone begrüßte die Zuschauer und sagte, dass er sich ganz besonders freue heute eine Vorstellung in unserer Stadt zu geben. Wahrscheinlich würden der

Circus Barone und unsere Stadt nämlich bald eng miteinander verbunden sein.

Mir fiel ein, dass Lulu eine ähnliche Bemerkung gemacht hatte. Doch noch bevor ich Blümchen fragen konnte, was das zu bedeuten hatte, kündigte Carlos Barone bereits die erste Zirkusnummer an: ein Jongleur.

Es war einfach toll! Er jonglierte mit allem, was sich mit einer Hand hochwerfen ließ.

Die Zirkusvorstellung gefiel uns von Auftritt zu Auftritt besser: Elefanten, Schlangenmenschen und sogar ein dressiertes Schwein traten auf. Als die Hochseilartisten an der Reihe waren, sah ich zu Frau Wolff. Sie saß mit unbewegter Miene da und sah ihren Kollegen zu. Ich hätte zu gern gewusst, was dabei in ihr vorging.

Dann plötzlich ertönte ein Trommelwirbel und der Direktor kündigte die nächste Aufführung an: »Und nun, verehrte Gäste, kommen wir zu einem unserer Höhepunkte des Abends. Freuen Sie sich auf ein übersinnliches Vergnügen! Begrüßen Sie mit mir unsere wahrhaftig überirdische, atemberaubende Hellseherin. Hier ist sie! Die weise Verona!«

»Eine Kollegin«, sagte Amanda neben mir. »Da bin ich ja mal gespannt.«

* 2 *

Die Frau, die in die Manege stolzierte, sah wirklich nicht so aus, wie ich mir eine Hellseherin vorstellte. Vor allem hatte sie überhaupt keine Ähnlichkeit mit Amanda. Sie war jünger und trug ein hautenges, tief ausgeschnittenes Kleid, das nicht viel länger war als ein T-Shirt. Ihre Beine steckten in schwarzen Nylonstrümpfen und mit ihren hochhackigen Schuhen knickte sie auf dem weichen Manegenboden ein paarmal um.

Kaum war sie in der Manege erschienen, ging ein Raunen durch das Publikum. Soweit ich es beurteilen konnte, waren es nur Männerstimmen.

Die weise Verona veranstaltete einen ziemlichen Wirbel um ihre Hellseherei. Sie las einigen Zuschauern aus der Hand, sagte ihnen die Zukunft voraus und versuchte ihr Alter zu erraten.

»So ein Hokuspokus!«, schimpfte Amanda neben mir. »Diese Frau hat keine Ahnung! Alles nur Show! Sie sagt jedem eine positive Zukunft voraus. Und beim Bestimmen des Alters liegt sie ständig daneben, sie macht einfach alle viel jünger als sie sind. Wer würde da schon widersprechen?«

»Eine vulgäre Person«, sagte Eleonore hinter mir verschnupft. »Sie verbreitet keine Schwingungen!«

»Ist aber nett anzusehen«, meinte Opa Schraube. Dabei grinste er so breit, dass ich schon fürchtete, der Zigarrenstummel würde sein Ohrläppchen verschmoren.

Amanda, Hedwig und Elsbeth sahen sich an und verdrehten die Augen. »Männer!«, schnauften sie dann wie aus einem Mund.

Plötzlich reckte die weise Verona die Hände in die Höhe. »Kapelle! Spielt einen Tusch!«, rief sie mit ihrer etwas piepsigen Stimme. »Licht aus! Scheinwerfer auf mich!«

»Was kommt denn jetzt?«, fragte Amanda mit hochgezogenen Augenbrauen.

»Geehrte Damen und Herren und Gäste!«, piepste Verona. »Heute habe ich Sie eine ganz besondere Weissagung zu machen! Heute Abend noch! In dieser Vorstellung. Nach der Pause. Da wird etwas geschehen! Ein Zwischenfall, der Sie das Blut in den Adern gefrieren lässt!«

Und wieder ging ein Raunen durch das Publikum. Dieses Mal hörte es sich jedoch eher beunruhigt an.

»Was meint sie denn damit?«, fragte ich Blümchen. »Und wieso redet die so komisch?«

»Wahrscheinlich kann sie es nicht besser«, meinte meine Freundin nur.

»So eine Unverschämtheit! Diese Frau ist eine Schande für die ganze Zunft!«, schimpfte Amanda. »Mit ihrem hirnverbrannten Schwachsinn versetzt sie nun auch noch die Zuschauer in Angst und Schrecken!«

Das galt anscheinend nicht nur für die Zuschauer. Auch der Direktor, der bisher ruhig am Manegenrand gestanden hatte, sah sich plötzlich nervös um. Das Ganze schien also nicht geplant zu sein.

»Nun entschwinde ich!«, piepste die weise Verona. »Scheinwerfer aus!«

Für einen Augenblick wurde es dunkel im Zirkuszelt. Als das Licht wieder anging, war die weise Verona verschwunden. Ich konnte sie aber gerade noch auf ihren hochhackigen Schuhen durch den Ausgang eiern sehen.

Der Direktor sprang in die Manege und gab der Kapelle ein Zeichen. Die reagierten sofort und spielten ein fröhliches Liedchen. Als sie damit fertig waren, hatten sich die Zuschauer wieder beruhigt.

»Und nun, verehrte Gäste, bevor wir unsere Pause machen, möchten wir, dass Sie wieder ein Kind werden!«, rief Carlos Barone, als wäre nichts geschehen. »Freuen Sie sich! Lachen Sie! Begrüßen Sie mit mir unseren herzerfrischenden, gut gelaunten, fröhlichen Clown Beppino und seinen Papagei Chico!«

»Ein Clown! Zaubergalaktisch!«, rief Amanda mit leuchtenden Augen. »Clowns habe ich als Kind schon gern gesehen! Bestimmt ist er besser als diese unmögliche Verona.«

Amanda behielt Recht. Beppino und Chico, sein Papagei, waren wirklich zum Schreien komisch. Schon nach ein paar Minuten mussten Blümchen und ich uns die Lachtränen aus den Augen wischen. Der Papagei kommentierte jede Aktion von Beppino und tat immer genau das, was er nicht sollte. Es war toll, wie deutlich Chico reden konnte. Ich hatte schon einmal einen sprechenden Papagei in einer Tierhandlung gesehen. Bei dem hatte man aber genau hinhören müssen, um überhaupt zu verstehen, was er sagte. Chico dagegen redete fast so deutlich wie ein Mensch.

Doch dann schien Chico plötzlich keine Lust mehr zu haben. Er trat auf seiner Stange nervös von einem Bein auf das andere und krächzte nur.

Beppino versuchte die Panne mit einer neuen Darbietung zu überspielen, doch auch dieses Mal sagte der Papagei nichts.

Ich sah zum Direktor. Der hatte seinen Zylinder abgenommen und blickte auf die Zuschauer, als hätte er Angst, sie könnten unzufrieden werden. Ebenso wie die seltsame Ankündigung der weisen Verona schien Chicos Verhalten so nicht geplant gewesen zu sein.

Plötzlich kreischte Chico laut auf, breitete seine Flügel aus und krächzte: »Hört auf den Vogel! Sie blieben nicht, weil sie nicht durften!«

Es wurde still im Zirkuszelt, fast ein wenig unheimlich. Mittlerweile hatte wohl jeder Zuschauer gemerkt, dass da etwas nicht stimmte.

Doch dann legte Chico mit einem Mal den Kopf schief und sagte: »Beppino, du guckst wie eine Kuh!«

Beppino ging sofort darauf ein und schon lachten die Zuschauer wieder.

»›Hört auf den Vogel. Sie blieben nicht, weil sie nicht durften.‹ Warum hat Chico das wohl gesagt?«, fragte ich Blümchen.

Doch die sah mit großen Augen an mir vorbei. Sie wies hektisch mit einer Hand in Richtung Maneneingang. Mit der anderen Hand nahm sie meinen Arm und schüttelte mich. Blümchens Hobby ist das Boxen. Und Boxer brauchen ziemlich viel Kraft. Entsprechend heftig fiel das Schütteln aus.

»Aua!«, rief ich. »Was hast du denn?«

»Da steht Sister X!«, rief Blümchen. »Hinten in der Manege!«

Tatsächlich! Am Rand der Manege stand Amandas Schaf und schien interessiert, soweit ich das beurteilen konnte, in die Manege zu blicken.

Ich stieß Amanda an. »Guck mal! Da steht Sister X!«

Doch als Amanda sich umwandte, war ihr Schaf schon wieder verschwunden. »Seid ihr sicher, dass es Sister X war?«, fragte sie uns.

Als Antwort nickten wir nur.

»Das ist interessant«, sagte sie nachdenklich. »Sehr interessant.«

»Wie meinst du das?«, fragte Blümchen.

»Möglicherweise hat das Verhalten des Papageis mit Sister X zu tun. Das, was der Papagei gesagt hat, könnte eine Nachricht von ihr gewesen sein«, antwortete Amanda.

»Du meinst, Sister X hat durch Chico zu uns gesprochen?«, fragte ich.

»Das könnte in der Tat so sein. Sister X kann zwar selbst nicht sprechen, aber sie kann sich durch andere mitteilen, zum Beispiel durch einen Papagei. Schließlich ist sie ein Medium.«

»›Hört auf den Vogel. Sie blieben nicht, weil sie nicht durften.‹ Was soll das denn bedeuten?«, fragte Blümchen.

»Das weiß ich auch nicht. Aber vielleicht redet Sister X später noch einmal mit uns. Dann wird sie es schon erklären.«

Blümchen und ich sahen uns an. Wir waren von unserer etwas verrückten Haushälterin ja schon einiges gewöhnt, aber manchmal übertrieb sie doch ein wenig, fand ich.

»Ich möchte gern zur Tierschau!«, rief ich, als wir in der Pause vor dem Zirkuszelt standen.

Sister X war gleich auf uns zugelaufen, als sie uns gesehen hatte. Sie schien ihren Platz vor dem Zirkuseingang nicht verlassen zu haben. Doch Blümchen und ich hatten sie deutlich gesehen. Nur dass sie mit uns geredet haben sollte, konnte ich mir nicht vorstellen.

»Tierschau ist nicht schlecht«, meinte Papa. »Die Raubtiere interessieren mich besonders!«

Ich sah zu Frau Wolff. Ihre Ohren waren plötzlich rot geworden. Mein Papa lässt wirklich keine Gelegenheit aus, um sich zu blamieren. Als er es endlich merkte, bekamen seine Ohren die gleiche Farbe wie die von Gerda Wolff.

»Seht mal! Da sind Lulu, der Direktor und Beppino!«, rief Blümchen. »Er hat immer noch Chico auf der Schulter. Den möchte ich mir unbedingt mal aus der Nähe ansehen!«

»Ich weiß auch nicht, was mit dem Vogel los war«, hörten wir Beppino zu Carlos Barone sagen, als wir näher kamen.

Wir hatten also Recht gehabt. Chico hatte sich während der Vorstellung nicht so verhalten, wie er eigentlich sollte.

»Da seid ihr ja!«, rief Lulu, als sie uns sah. »Kommt zu uns! Ich möchte euch Beppino vorstellen.«

Das ließen wir uns nicht zweimal sagen.

Ich habe mal gehört, dass Clowns und Komiker in ihrem privaten Leben oft überhaupt nicht lustig sind. So jemand schien Beppino auch zu sein. Er nickte uns mit mürrischem Gesicht zu, als wir uns brav vorstellten. Vielleicht war er aber auch nur wegen der Panne mit Chico schlecht gelaunt.

»Beppino war auch in unserem alten Zirkus, in dem Gerda gearbeitet hat«, plapperte Lulu dafür umso aufgeräumter. »Leider ist der Zirkus mittlerweile Pleite. Beppino und ich sind froh, bei Carlos ein neues Engagement bekommen zu haben. Leider gibt es ja nicht mehr viele Zirkusse. Sie sind wohl ein wenig aus der Mode gekommen.«

»Das muss ja nicht so bleiben«, meinte der Direktor und lächelte.

»Wir fanden die Vorstellung bis jetzt jedenfalls ganz

toll!«, rief Blümchen begeistert. »Besonders Chico hat uns gefallen! Haben Sie ihn schon lange?«, fragte sie Beppino.

»Ja, ja«, brummte Beppino, ohne sie anzusehen.

»Wahrscheinlich war es ziemlich schwer, Chico zu dressieren, oder?«, fragte Blümchen unverdrossen weiter.

Beppino sah sie mit zusammengekniffenen Augen an. »Tu mir einen Gefallen, Mädchen. Geh mir nicht auf den Geist! Und wage es nicht, meinem Vogel zu nahe zu kommen oder ihn gar anzufassen! Dann bekommst du Ärger mit mir!«

»Beppino!«, rief Lulu, während meine Freundin knallrot anlief. »Lass deine Wut nicht an den Mädchen aus, du alter Brummbär!«

»Vielleicht ist mein Schaf ja daran schuld, dass Ihr Papagei sich so verhalten hat«, meinte Amanda plötzlich.

Erst jetzt schien Beppino Sister X zu bemerken. »Ihr Schaf? Was soll das denn damit zu tun haben?«

»Vielleicht hat es durch Ihren Papagei zu uns gesprochen. Sister X ist nämlich ein Medium, müssen Sie wissen. Und außerirdisch. Darum trägt es auch eine Sonnenbrille.«

Beppino sah Amanda an, dann Sister X und dann wieder Amanda. »Lassen Sie mich bloß mit diesem übersinnlichen Zeug zufrieden«, meinte er. »Darüber habe ich in meinem Leben schon genug Unsinn gehört.«

»Nicht alles, was man über Übersinnliches hört, ist Unsinn«, erwiderte Amanda und lächelte Beppino an.

»Und ich dachte immer, wir Zirkusleute wären verrückt«, seufzte der Direktor.

»Man redet von Übersinnliches? Da bin ich doch die Expertin!«

Die weise Verona kam auf uns zu.

»Nicht die auch noch!«, stöhnte Beppino. »Die soll erst mal lernen vernünftig zu reden.«

»Gut, dass du kommst«, sagte Carlos. »Dich wollte ich sowieso sprechen. Kannst du mir sagen, was das vorhin sollte? Warum hast du die Zuschauer beunruhigt?«

»Weil das schließlich meine Arbeit ist«, antwortete Verona schnippisch. »Die Leute kommen in den Zirkus, um etwas zu erleben. Außerdem hatte ich eine Vision. Eine Vision, dass etwas passiert.«

»Vielleicht Chico? Hast du vorausgesehen, dass Chico dummes Zeug redet?«, fragte Lulu mit zuckenden Mundwinkeln.

»Das nicht«, sagte Verona und klimperte mit den Augenlidern. Sie genoss es sichtlich, dass der Direktor, Opa Schraube und auch Papa mit ihren Augen an ihr klebten. »Aber vielleicht hat Chico etwas mit meiner Vision zu tun. Vielleicht hat er einen Fluch über den Zirkus ausgesprochen.«

»Jetzt reicht's mir aber!«, fuhr Beppino sie an. »Lass bloß meinen Vogel da raus! Vision! Fluch! Dass ich nicht lache! Du weißt ja noch nicht mal, wie man weissagen schreibt. Nur, weil du einen schönen Hintern hast, meinst du, du kannst dir alles erlauben!«

Den letzten Satz hatte er mit einem unübersehbaren

Seitenblick auf Direktor Barone gesagt. Das wurde ja immer interessanter! Leider entpuppte sich Lulu als Spielverderberin.

»Beppino! Überlege dir, was du da sagst! Schließlich sind Kinder hier!«

»Ach was! Ist mir doch egal! Ich muss mich jetzt sowieso umziehen und Chico versorgen.« Damit drehte er sich um und stapfte davon.

Lulu sah ihm nach und seufzte. »Er ist und bleibt ein alter Brummbär.« Dann lachte sie laut auf und klatschte in die Hände, als wollte sie einen bösen Geist vertreiben. »Wisst ihr was, Kinder? Warum treffen wir uns nicht nach der Vorstellung in meinem Wagen und reden über alte Zeiten? Das wird bestimmt schön!«

»Ich weiß nicht«, sagte Blümchens Mama zögernd. »Das wird mir zu spät für die Kinder.«

»Aber wir haben doch Ferien!«, riefen Blümchen und ich gleichzeitig.

»Ich würde auch gern etwas mehr über dein früheres Zirkusleben erfahren«, sagte Opa Schraube. »Du erzählst ja kaum etwas davon.«

»Also gut«, sagte Gerda und versuchte zu lächeln. »Wir kommen. Danke für die Einladung, Lulu.«

»Fein!«, rief Lulu und klatschte wieder in die Hände. »Dann sehen wir uns nach der Vorstellung. Jetzt muss ich aber los. Ich muss mich für meinen Auftritt fertig machen. Außerdem habe ich noch was zu erledigen.«

»Ich muss auch gehen«, sagte der Direktor, nickte uns kurz zu und rauschte mit Verona an seiner Seite davon.

Da bis zum Beginn der Vorstellung noch etwas Zeit war, wollten die Erwachsenen eine Kleinigkeit essen gehen. Da Blümchen und ich uns schon während der Vorstellung mit Gummibärchen voll gestopft hatten, beschlossen wir uns lieber ein bisschen auf dem Zirkusgelände umzusehen.

Wir liefen zwischen den Zirkuswagen herum und fragten uns, ob es uns wohl Spaß machen würde, mit einem Zirkus umherzuziehen.

Plötzlich wurde die Tür eines Wagens aufgerissen und Lulu stürmte heraus. Dann drehte sie sich wütend zur Tür um und rief: »Ich warne dich! Lange lasse ich mir das nicht mehr gefallen! Ich habe die Nase endgültig voll!«

Von der gut gelaunten, etwas überdrehten Lulu war nichts mehr zu sehen. Ich hätte nicht gedacht, dass sie so wütend werden könnte.

Blümchen und ich versteckten uns schnell hinter einem Zirkuswagen. Leider konnten wir von dort aus nicht sehen, mit wem Lulu stritt.

»Ich habe keine Lust mir wieder ein neues Engagement suchen zu müssen!«, schimpfte sie weiter. »Nur weil du so stur bist und uns alle ins Unglück stürzen willst. Aber das mache ich nicht mit! Morgen gehe ich zu Carlos! Dann werden wir ja sehen, wie es weitergeht!«

Der, mit dem Lulu stritt, gab keine Antwort. Stattdessen ließ er seine Wagentür krachend ins Schloss fallen. Lulu lief, immer noch schimpfend, zu einem anderen

Wagen, stürmte hinein und schlug ebenfalls die Tür hinter sich zu.

»Au Mann, die war ja sauer«, sagte Blümchen leise. »Worum es wohl ging?«

Ich zuckte mit den Schultern. »Keine Ahnung. Aber ich würde zu gern wissen, mit wem sie gestritten hat. Ob es vielleicht Beppino war?«

»Das würde mich bei dem alten Griesgram nicht wundern«, meinte Blümchen.

»Sollen wir näher an den Wagen herangehen?«, flüsterte ich meiner Freundin zu. »Vielleicht sehen wir ja, wem er gehört.«

»Und wenn wir erwischt werden?«, fragte Blümchen zurück.

»Dann sagen wir einfach, dass wir uns verlaufen haben. Also los!«

Gerade hatte ich meine immer noch zögernde Freundin aus unserem Versteck gezogen, da kamen Drago und Nele Rapp mit einem Mann, den ich bisher noch nicht gesehen hatte, auf uns zu.

»Los, lass uns verschwinden«, raunte Blümchen mir zu und rannte auch schon zum Zirkuszelt zurück. Mir blieb nichts anderes übrig, als ihr zu folgen. Vielleicht fanden wir ja nach der Vorstellung heraus, mit wem Lulu gestritten hatte.

Als wir ins Zelt zurückkamen, brachten mich die Raubtierkäfige, die mittlerweile in der Manege aufgebaut worden waren, gleich wieder auf andere Gedanken. Was würden Gerda Wolff und vor allem Blümchen wohl fühlen, wenn sie nun jemanden sahen, der das Gleiche machte wie Blümchens Papa damals?

Vielleicht war es doch kein so guter Gedanke gewesen, in den Zirkus zu gehen.

* 3 *

Während der Vorstellung von Siegfried Roy und seinen Tieren sah ich beinahe häufiger zu Blümchen und ihrer Mama hinüber als zur Manege. Wie meistens konnte ich im Gesicht meiner Freundin nichts lesen. Blümchen sah dem Treiben der Raubtiere so gespannt zu, wie sie es auch bei den Auftritten der anderen Artisten getan hatte.

Dafür schien Frau Wolff um so nervöser zu sein. Sie rutschte unruhig auf ihrem Sitz herum und zuckte bei den Darbietungen von Siegfried Roy immer wieder zusammen. Einmal schrie sie sogar leise auf, obwohl gar nichts Gefährliches passiert war.

Das fiel sogar Blümchen auf. »Was ist denn los, Mama?«, fragte sie.

»Irgendetwas stimmt da nicht«, antwortete Frau Wolff leise.

»Was meinst du?«

»Siegfried Roy ist irgendwie – unkonzentriert. Ich habe Angst, die Tiere könnten es merken, vielleicht sogar glauben, er habe Angst. Und dann kann es gefährlich werden.«

Blümchen sah mich an. Es war nicht schwer zu erraten, dass sie, genau wie ich, an Veronas Weissagung dachte. Nicht auszudenken, wenn sie damit doch Recht gehabt haben sollte.

Von dem Augenblick an war ich noch nervöser als Blümchens Mama. Jedesmal, wenn eines der Raubtiere auch nur leise fauchte oder seine Pranke hob, rutschte mir das Herz in die Hose. Am liebsten hätte ich gar nicht mehr hingesehen.

Ich war heilfroh, als die Tiere von Siegfried Roy endlich den Manegenkäfig verließen und durch die vergitterte Schleuse zurück in ihre Käfige liefen.

Siegfried Roy verbeugte sich und schien den Applaus des Publikums zu genießen. Vor Erleichterung, dass nichts passiert war, klatschten auch Blümchen und ich uns die Hände wund.

Während die Raubtierkäfige abgebaut wurden, trat noch einmal Beppino auf, allerdings ohne Chico, und machte seine Späße. Doch Blümchen und ich konnten nicht mehr so recht darüber lachen.

»So ein Blödmann«, raunte Blümchen mir zu. »Ich finde ihn überhaupt nicht mehr komisch.«

»Dafür durchschaut er als Einziger diese Verona«, sagte plötzlich Amanda. Sie schien ihre Ohren überall zu haben.

Als das letzte Raubtiergitter abgebaut und Beppino mit einigen ungelenken Überschlägen aus der Manege gekugelt war, trat der Direktor in die Mitte der Manege.

»Verehrte Gäste!«, rief er mit ausgebreiteten Armen.

»Wir haben Ihnen heute bereits Artistik und Tierdressuren der absoluten Spitzenklasse geboten, freuen Sie sich nun auf eine Darbietung, die auf der Welt ihresgleichen sucht! Hier sind für Sie – Drago und Nele Rapp!«

Eigentlich finde ich Pferdedressuren ja ziemlich langweilig. Doch dieses Mal war es anders. Aber das lag weniger an den Pferden als an Drago. In der Manege, angestrahlt von vielen Scheinwerfern, sah er noch toller aus. Auch meine Freundin beobachtete ihn mit leuchtenden Augen.

Als Drago und Nele schließlich auf einem ihrer Pferde aus der Manege ritten, war ich ein wenig traurig. Ich hätte den beiden noch stundenlang zusehen können.

Wieder erschien der Direktor in der Mitte der Manege. »Meine Damen und Herren! Sicher haben viele von Ihnen einen Hund, und sicher beherrscht der eine oder andere Ihrer Hunde auch ein Kunststückchen. Doch die Hundedressur-Darbietungen, die wir Ihnen nun präsentieren werden, haben Sie mit Sicherheit noch niemals zuvor gesehen! Begrüßen Sie mit mir unsere liebe Lulu Lumpi und ihre fünf kleinen Racker!«

Noch bevor Lulu zu sehen war, stürmten mehrere Hunde in die Manege – der kleine, schwarze Mischlingshund und die vier weißen Pudel, die wir schon in Elsbeths Hundesalon gesehen hatten. Sie bellten und tobten herum, wie es eben alle anderen Hunde auch machen.

»Sind sie nicht entzückend?«, rief Elsbeth begeistert. »Ganz entzückend!«

»Willst du damit sagen, dass sie nur deshalb entzückend aussehen, weil sie bei dir im Hundesalon waren?«, fragte ihre Zwillingsschwester.

Elsbeth verzog beleidigt das Gesicht. »Was du immer hast.« Dann wandte sie sich mit verklärtem Blick wieder den fünf kleinen Hunden zu.

Die hörten plötzlich auf herumzutoben, setzten sich brav nebeneinander in eine Reihe und machten Männchen. Lulu war in der Manege erschienen. Ihr Kostüm sah fast so aus wie die Kleider, die sie immer trug, nur noch ein wenig bunter. Dazu hatte sie knallrote Schuhe angezogen.

Der Direktor hatte nicht übertrieben. Ich hätte nie gedacht, dass Hunde solche Kunststücke vollbringen können. Sie machten Handstand, liefen auf zwei Beinen und schlugen sogar einen Salto.

»Es sieht so aus, als würde es den Hunden sogar Spaß machen«, sagte ich zu Blümchens Mama.

»Sicher macht es ihnen Spaß«, antwortete sie. »Anders geht es auch gar nicht. Mit Zwang erreicht man bei Tieren gar nichts. Es muss ihnen Spaß machen, ganz gleich ob es Tiger, Elefanten oder Hunde sind.«

Nun wurde ein Gestell in die Manege getragen. Es hatte Ähnlichkeit mit einer Treppe. Unter Trommelwirbel stieg Lulu die Stufen hinauf. Als sie oben angekommen war, wurde der Trommelwirbel lauter. Einer der Pudel stellte sich auf die Hinterbeine und hüpfte die Stufen zu Lulu hoch. Dann war der nächste Hund an der Reihe.

Gerade als der dritte Pudel auf die erste Stufe gesprungen war, begann das Gestell zu schwanken und brach dann plötzlich in sich zusammen. Mit einem Aufschrei fiel Lulu herunter.

Den beiden Hunden geschah nichts. Sie landeten auf ihren Beinen und sprangen in der Manege herum. Lulu hatte nicht so viel Glück. Sie blieb auf dem Manegenboden liegen.

Wie die übrigen Zuschauer auch sprangen wir von unseren Sitzen und schrien auf. Carlos Barone rannte in die Manege. Sein Zylinder fiel dabei herunter, aber er achtete nicht darauf, sondern beugte sich über Lulu. Fast gleichzeitig mit dem Direktor waren zwei Sanitäter bei Lulu. Anscheinend waren sie immer im Zirkus, falls sich jemand verletzte. Und Lulu war verletzt! Sie versuchte aufzustehen, aber es gelang ihr nicht. Schließlich trugen sie die beiden Sanitäter aus der Manege. Lulu winkte den Zuschauern zu und versuchte zu lächeln, als wollte sie sie beruhigen.

Während die Hunde aus der Manege geführt wurden und einige Zirkusmitarbeiter das zusammengebrochene Gestell hektisch hinaustrugen, wurde das Gemurmel unter den Zuschauern immer lauter.

Carlos Barone gab der Kapelle ein Zeichen. Als ein Tusch ertönte, wurde es sofort ruhig.

»Meine Damen und Herren! Bitte bewahren Sie Ruhe! Wir werden unsere Vorstellung gleich fortsetzen!«

»Hoffentlich ist Lulu nichts Schlimmes passiert!«, rief Blümchen. »Sollen wir nicht zu ihr gehen?«

»Auf keinen Fall«, sagte Frau Wolff sofort. »Euch

können die dort bestimmt nicht gebrauchen. Außerdem würden sie euch ohnehin nicht zu Lulu durchlassen.«

»Es ist sicher nicht so schlimm«, meinte Amanda. »Lulu war ja noch bei Bewusstsein und hat uns sogar zugewinkt.«

Einer der Sanitäter kam noch einmal in die Manege zurück und flüsterte dem Direktor etwas ins Ohr. Der gab der Kapelle ein Zeichen und wieder ertönte ein Tusch.

»Verehrte Gäste! Gerade bekomme ich eine gute Nachricht! Frau Lumpi hat sich bei ihrem Sturz nur eine leichte Verstauchung zugezogen. Sie ist wohlauf und wollte sogar ihren Auftritt fortsetzen. Doch ich habe sie ins Bett geschickt und ihr gesagt, sie soll sich erst einmal von dem Schrecken erholen. Schließlich will ich ja nicht den Eindruck erwecken, dass ich meine Angestellten schlecht behandele!«

Ein erleichtertes Lachen ging durch das Publikum. Die Kapelle spielte ein Lied und der Direktor konnte den nächsten Auftritt ansagen.

Auch wenn die anderen Artisten, die noch folgten, bestimmt genauso gut waren wie die vor ihnen, hatte ich längst nicht mehr so viel Spaß daran. Ich musste immer wieder an Lulu denken.

»Ob er die Wahrheit gesagt hat?«, fragte Blümchen mich plötzlich. »Ob Lulu wirklich nur leicht verletzt ist?«

»Hoffentlich.«

»Auf jeden Fall gehen wir nach der Vorstellung gleich zu ihr und fragen sie selbst«, sagte Frau Wolff. »Auch wenn sie jetzt wahrscheinlich keine Lust mehr hat mit uns über alte Zeiten zu plaudern.«

Als wir nach der Vorstellung aus dem Zelt kamen, wartete Carlos Barone schon auf uns.

»Wie geht es Lulu?«, fragte ihn Blümchens Mama. »Können wir zu ihr?«

»Das ist leider nicht möglich«, sagte Carlos und kratzte sich verlegen am Kopf. »Wir mussten sie ins Krankenhaus bringen.«

»Ins Krankenhaus?«, rief ich. »Aber Sie haben doch gesagt ...«

»Sicher habe ich gesagt, dass es nicht so schlimm ist«, unterbrach mich der Direktor. »Schließlich musste ich die Zuschauer beruhigen.«

»Ist es denn sehr schlimm?«, fragte Opa Schraube.

»Die Sanitäter meinen, sie könnte sich ein Bein gebrochen haben. Aber Genaueres wissen wir erst, wenn sie untersucht wurde. Darum haben wir sie auch gleich ins Krankenhaus gebracht.«

»Dann fahren wir eben ins Krankenhaus und fragen dort!«, rief Amanda.

»Bestellen Sie ihr bitte Grüße von mir«, hörten wir plötzlich eine tiefe Stimme hinter uns. Es war Siegfried Roy. »Ich würde sie auch besuchen, aber ich muss mich um die Tiere kümmern. – Tut mir Leid, übrigens«, sagte er dann zu Carlos Barone.

Der sah den Raubtierdompteur verständnislos an. »Was tut Ihnen Leid, Siegfried?«

»Dass ich vorhin so unkonzentriert war. Aber es ist ja nichts passiert.«

»Unkonzentriert?«, fragte der Direktor. »Das ist mir gar nicht aufgefallen.«

Über das Gesicht von Siegfried Roy huschte ein Lächeln. »Das dachte ich mir. Aber Ihnen ist es sicher aufgefallen, stimmt's?«, fragte er dann Gerda Wolff.

Doch noch bevor Blümchens Mama darauf antworten konnte, hatte sich Siegfried Roy schon umgedreht und lief auf die Raubtierkäfige zu.

Der Direktor sah ihm kopfschüttelnd nach.

»Äh – ja, bestellen Sie Lulu bitte auch Grüße von mir«, sagte er dann zu Amanda. »Und richten Sie ihr aus, ich besuche sie heute Abend noch. Ich mache mir wirklich große Sorgen. Wenn ich nur wüsste, wie so etwas passieren konnte!«

Zum Glück ließ Amanda Sister X in Bubis Beiwagen sitzen. Darum kamen wir ohne Probleme ins Krankenhaus. Schließlich fanden wir auch das Zimmer, in dem Lulu untergebracht war. Die Wände waren kalkweiß gestrichen und Lulu lag mit ihrem weißen Nachthemd in einem Bett mit weißer Bettwäsche. Allein dieser farblose Anblick der sonst so bunten Lulu war schon traurig genug. Doch hinzu kam noch Lulus blasses Gesicht. Trotzdem schien sie sich zu freuen uns alle zu sehen.

»Wir sollen Sie von Carlos Barone und Siegfried Roy grüßen«, sagte Frau Wolff, als wir uns um ihr Bett aufgestellt hatten. »Der Direktor kommt später noch. Siegfried hat leider keine Zeit wegen seiner Tiere.«

»Der kann auch meinetwegen bleiben, wo der Pfeffer wächst«, brummte Lulu.

»Nun erzählen Sie aber erst einmal, wie es Ihnen geht«, sagte Amanda, bevor ich Lulu fragen konnte, was sie damit meinte.

Lulu seufzte tief. »Zum Glück ist mein Bein nicht gebrochen, aber mein Knie ist verletzt und ich habe eine leichte Gehirnerschütterung. Darum muss ich für eine Weile hier bleiben, haben die Ärzte gesagt.«

»Wie lange denn?«, fragte Frau Wolff.

»Das weiß ich nicht. Was soll nur werden? Mein Auftritt! Und meine kleinen Lieblinge!« Lulu fiel es sichtlich schwer, gegen die Tränen anzukämpfen. Ich hätte am liebsten mitgeheult.

»Um die Tiere machen Sie sich bitte keine Sorgen«, sagte Amanda gleich. »Da wird meinen Freundinnen bestimmt etwas einfallen. Nicht wahr, Mädels?«

Elsbeth, Hedwig und Eleonore nickten heftig.

»Die Hunde könnten doch solange, bis Lulu wieder aus dem Krankenhaus entlassen wird, bei mir bleiben«, schlug Hedwig vor.

»Haben Sie denn so viel Platz? Und haben Sie Erfahrung mit Hunden? Meine Lieblinge sind sehr verwöhnt, müssen Sie wissen.«

»Keine Angst«, lächelte Hedwig. »Platz ist kein Problem. Schließlich habe ich eine Katzenpension.«

»Eine Katzenpension?«, kreischte Lulu auf.

»Oder ich könnte mich um Ihre Hunde kümmern. Schließlich habe ich die nötige Erfahrung, wie Sie wissen«, sagte Elsbeth mit einem Seitenblick auf ihre Schwester. »Nur fehlt mir leider der Platz.«

»Dann kommen die Hunde eben zu mir«, sagte Eleonore bestimmt. »In meinem kleinen Anwesen ist Platz genug. Jedes Hündchen bekommt ein eigenes Zimmer. Sie müssen nur aufschreiben, wann Ihre Lieblinge zu speisen wünschen, was sie bevorzugen und worauf wir sonst noch achten müssen. Um alles Weitere wird sich mein Butler kümmern.«

Blümchen sah mich an und zwinkerte mir zu. Ich musste auch grinsen bei der Vorstellung, wie Charles, Eleonores Butler, mit fünf Hunden im Schlossgarten herumtoben würde.

»Und ich komme jeden Tag vorbei und sehe nach dem Rechten«, schlug Elsbeth vor.

Damit war Lulu einverstanden. Sie sah auch gleich wieder ein wenig zuversichtlicher und fröhlicher aus. Nur Hedwig schaute beleidigt aus der Wäsche.

Lulu war noch dabei, auf einem Blatt Papier zu notieren, worauf man bei der Versorgung ihrer Lieblinge zu achten hatte, da öffnete sich die Tür zu ihrem Zimmer und Carlos Barone, Beppino und Verona traten ein.

Während der Direktor und Verona sichtlich erleichtert waren, dass Lulu nicht so schwer verletzt war, wie sie zunächst angenommen hatten, schien Beppino wohl noch immer in Sorge zu sein. Immer wieder fragte er Lulu, ob die Ärzte sie auch wirklich gründlich untersucht hätten, wo es ihr wehtäte, wie sie sich fühlte und so weiter. Sogar Blumen hatte er ihr mitgebracht.

Ein Blick zwischen Blümchen und mir genügte. Beppino war in unserem Ansehen wieder gestiegen.

»Ich habe es vorhergesehen!«, rief Verona plötzlich. »Ich habe es vorhergesehen!«

»Was sagst du da?«, fuhr Carlos Barone sie an. »Das soll der Zwischenfall gewesen sein, von dem du bei deinem Auftritt geredet hast?«

»Ja«, sagte Verona nur und sah sich um, ob auch alle Männer sie gebührend bewunderten. Mir fiel auf, dass

Papas Gesicht schon wieder einen leicht verklärten Ausdruck angenommen hatte.

»Du hast es gewusst?«, rief Beppino. »Du hast gewusst, dass Lulus Treppe zusammenbrechen würde und du hast sie nicht gewarnt?«

»Ich – nein – äh – so genau natürlich nicht«, stotterte die weise Verona. »Ich habe nur gewusst, dass etwas passieren würde, aber nicht so genau, was.«

Beppino ging einen Schritt auf sie zu und hielt ihr seine Faust vor das Gesicht. »Du – du bist so dumm wie Bohnenstroh! Du hast im Zirkus nichts verloren. Du bringst alles durcheinander, weil du jedem Mann schöne Augen machst. Aber ich warne dich! Ich falle nicht auf dich herein! Ich nicht!«

Verona wich einen Schritt zurück. »Carlos! Knuddelbärchen! Beppino droht mich!«

»Droht *mir!*«, entgegnete Carlos Barone. »Es heißt: Er droht *mir*. Oder er *be*droht mich! Und nenne mich nicht Knuddelbärchen! Ich bin schließlich der Direktor!«

Knuddelbärchen! Sie hatte Carlos Barone tatsächlich Knuddelbärchen genannt. Ich fand, es passte ganz gut zu ihm. Außerdem war jetzt klar, dass er nicht nur der Direktor von Verona war. Ich freute mich schon darauf, das alles lang und breit mit Blümchen zu bereden, die mich mindestens schon zehnmal unauffällig mit dem Fuß angestoßen hatte.

»Nun streitet euch nicht auch noch meinetwegen«, ging Lulu dazwischen. »Dadurch wird es nicht leichter für mich.«

»Entschuldigung«, sagte Beppino kleinlaut. »Aber wenn Verona so einen Schwachsinn erzählt, sehe ich einfach rot. Visionen! Pah!«

Ich sah zu Amanda. Sie hatte, nachdem Carlos, Beppino und Verona gekommen waren, kein Wort gesagt. Doch die Blicke, die sie Verona zuwarf, genügten, um zu wissen, was sie über ihre »Kollegin« dachte.

»Was wird denn nun aus meinem Auftritt, solange ich hier im Krankenhaus liege?«, fragte Lulu den Direktor.

Carlos Barone zuckte mit den Schultern. »Das weiß ich auch nicht. Ich werde versuchen einen Ersatz für dich aufzutreiben. Obwohl das nicht leicht sein wird, denn die guten Leute haben alle ein Engagement. Die wollen bestimmt nicht nur für ein paar Wochen einspringen.«

»Heißt das, du willst jemanden fest einstellen – und mich dafür aus dem Programm nehmen?«, fragte Lulu mit zitternder Stimme.

»Das wird nicht nötig sein«, sagte Amanda, bevor der Direktor antworten konnte. »Ich habe einen zaubergalaktischen Vorschlag.«

»Und der wäre?«, fragte Carlos Barone.

»Ich werde für Lulu in Ihrem Zirkus auftreten!«

* 4 *

»Sie?«, rief Carlos Barone. »Sie wollen für Lulu einspringen?«

»Ja, warum auch nicht?«, antwortete Amanda.

»Und was können Sie? Ich meine, womit wollen Sie auftreten?«

»Dressierte Hunde kann ich leider nicht aufweisen. Aber wie wäre es mit einem Schaf?«

»Sister X?«, rief ich. »Willst du mit Sister X auftreten?«

»Allerdings. Sister X würde das bestimmt viel Spaß machen.«

»Meinen Sie etwa dieses Schaf, das angeblich gesprochen haben soll?«, fragte Carlos Barone.

»Genau. Allerdings würde ich bei meinem Auftritt von übernatürlichen Dingen absehen.«

»Dafür bin ja auch ich zuständig!«, rief Verona.

Amanda schluckte. »Eben. Darum dachte ich an ein paar einfache, kleine Kunststückchen.«

»Was kann ihre Sister Dingsbums denn so?«, fragte der Direktor.

»Was hätten Sie denn gern?«, fragte Amanda zurück.

»Fahrrad fahren wäre nicht übel«, meinte Beppino mit einem breiten Grinsen.

Amanda wiegte den Kopf hin und her. »Gar nicht schlecht. Haben Sie zufällig ein Fahrrad mit vier Pedalen? Schließlich hat Sister X vier Beine.«

»Hören Sie!«, rief der Direktor. »Wenn Sie uns auf den Arm nehmen wollen, dann …«

»Das will ich keineswegs«, unterbrach Amanda ihn. »Wie wäre es, wenn wir morgen früh bei Ihnen im Zirkus vorbeischauen und Ihnen unsere Kunststücke vorführen? Dann können Sie ja entscheiden, ob wir gut genug für Ihren Zirkus sind.«

»Also, ich weiß nicht«, sagte Carlos Barone zögernd.

»Warum denn nicht, Carlos?«, rief Lulu. »Ich halte Amanda für eine außergewöhnliche Frau. Ich bin überzeugt davon, dass sie dich überraschen wird.«

Nun war es an Amanda zu grinsen. »Worauf Sie sich verlassen können!«

»Warum hast du nicht gesagt, dass du auch Hellseherin bist?«, fragte ich Amanda, als wir über den Krankenhausflur liefen. »Diese Verona geht mir echt auf den Geist!«

»Mir auch. Aber ich wollte es noch nicht sagen. Die Zeit ist noch nicht reif dafür. Aber keine Angst, Ricki. Unsere Stunde wird kommen!«

»Sind Sie sich sicher, dass Sie das können? Und was für Kunststücke wollen Sie überhaupt machen?«, fragte

Frau Wolff, als wir alle in Amandas Küche um den Tisch herum saßen. Hedwig, Elsbeth und Eleonore waren auch mitgekommen. Wahrscheinlich waren sie neugierig, was Amanda im Zirkus Barone mit Sister X vorführen wollte. Ehrlich gesagt war ich mindestens genauso neugierig.

Doch wie so oft machte Amanda ein Geheimnis um ihre Pläne. »Ich weiß noch nicht, was ich machen werde. Ich gehe morgen zum Zirkus und lasse mich von Sister X inspirieren.«

Opa Schraubes Zigarrenstummel kreiste in seinem Mund herum. »Von einem Schaf inspirieren lassen! Bin mal gespannt, was dabei herauskommt.«

Wieder lächelte Amanda geheimnisvoll. »Lassen Sie sich überraschen!«

»Warum haben Sie überhaupt den Vorschlag gemacht?«, fragte Papa.

»Wegen Lulu. Sie tat mir Leid. Außerdem ist sie mir sehr sympathisch. Darum wollte ich ihr helfen. Wenn Carlos Barone einen Ersatz für sie findet, dann braucht er sie möglicherweise überhaupt nicht mehr und sie verliert ihre Arbeit.«

»Ob Verona vielleicht doch Recht hatte?«, fragte Blümchen plötzlich. »Ob Lulus Unfall so eine Art Fluch war?«

»Mein Kind!«, rief Eleonore entrüstet. »Wie kannst du so etwas auch nur denken? Diese Verona ist eine unmögliche Person! Und was ihre so genannte Vision betrifft, so war das nichts weiter als ein Zufall!«

»Dann war es also ein Unfall?«, fragte ich.

»Was denn sonst?«, fragte Papa zurück. »Lulu hat das Gleichgewicht verloren und ist heruntergefallen.«

»Es sah aber eher so aus, als sei das Gestell zusammengebrochen«, erwiderte Opa Schraube. »Wenn jemand etwas technischen Sachverstand hat, so wie ich, dann wäre es ein Leichtes, das Gestell so zu präparieren, dass es zusammenbricht, wenn ...«

»Vater! Bitte!«, rief Gerda Wolff. »Wie kannst du solche Geschichten in die Welt setzen?«

»Aber es könnte doch sein«, sagte Blümchen. »Ricki und ich haben gehört, dass sich Lulu mit jemandem in der Pause gestritten hat.«

»Tatsächlich?«, fragte Amanda. »Davon habt ihr ja gar nichts erzählt.«

»Es ist so viel passiert, da sind wir noch nicht dazu gekommen«, antwortete ich. »Wir haben sie aus einem der Zirkuswagen kommen sehen. Mit wem sie gestritten hat, konnten wir nicht sehen. Aber Lulu war sehr wütend. Sie hat gesagt, dass sie sich das nicht länger gefallen lässt und dass sie zum Direktor geht.«

»Was will sie sich nicht länger gefallen lassen?«, fragte Amanda.

»Das hat sie nicht gesagt. Aber es ging wohl um den Zirkus.«

»Das ist immer noch kein Beweis dafür, dass jemand den Unfall absichtlich verursacht hat«, sagte Blümchens Mama.

»Frau Wolff hat Recht«, sagte Papa. »Solange nichts

anderes bewiesen ist, müssen wir davon ausgehen, dass es ein Unfall war. Und wenn tatsächlich jemand die Treppe absichtlich beschädigt hätte, dann wäre das zumindest vorsätzliche Körperverletzung und damit eine Sache für die Polizei.«

»Ja, ja, schon gut«, brummte Opa Schraube und warf Papa einen genervten Blick zu.

Ich konnte ihn verstehen. Seit Papa wieder bei der Polizei war, gab er sich besonders große Mühe ein guter Polizist zu sein. Es schien auch ganz gut zu klappen. Zumindest ließen ihn seine Kollegen, vor allem Kommissar Pauer, Papas größter Rivale, in Ruhe. Allerdings war Papa immer noch weit von seinem Vorbild, dem Fernsehkommissar Schimanski, entfernt.

»Wollen Sie nicht morgen mit zum Zirkus kommen, Frau Wolff?«, fragte Amanda. »Sie könnten für uns nachforschen, mit wem Lulu gestritten hat und worum es bei dem Streit ging. Vielleicht springt ja ein Fall für die Detektei dabei heraus.«

Gerda Wolff schüttelte heftig den Kopf. »Nein, nein, da mische ich mich nicht ein. Außerdem habe ich zu viel zu tun.«

Blümchen und ich sahen uns an. Wir beide wussten, dass das bestimmt nicht der wahre Grund war.

»Dürfen wir denn mitkommen?«, fragte ich Amanda.

Amanda lächelte mich an. »Sicher. Ich hätte euch sowieso gefragt, ob ihr mich nicht begleiten wollt.«

Als sich Hedwig, Elsbeth und Eleonore verabschiedet hatten, gingen wir anderen auch bald schlafen. Es war schon spät und wir hatten einen wirklich aufregenden Tag hinter uns. Wahrscheinlich war das der Grund, warum ich nicht einschlafen konnte, als ich mit Blümchen in meinem Bett lag.

»Wenn Lulu und Beppino in demselben Zirkus gearbeitet haben wie deine Eltern, dann müssten sie deinen Papa eigentlich gut kennen«, sagte ich, als ich merkte, dass meine Freundin auch noch nicht schlief.

»Das habe ich mir auch schon überlegt«, sagte sie nach einer Weile.

»Sollen wir sie nach ihm fragen?«

Blümchen richtete sich im Bett auf. »Ich weiß nicht. Mir wird die ganze Sache allmählich unheimlich. Erst Veronas Vision, dann der komische Spruch von Chico und schließlich auch noch Lulus Unfall. Ich habe Angst, dass das alles kein Zufall ist. Dass es irgendwie zusammenhängt.«

»Glaubst du, dass Sister X durch Chico gesprochen hat, so wie Amanda behauptet?«, fragte ich sie.

Blümchen schüttelte langsam den Kopf. »Nein, wahrscheinlich war es nur ein Zufall und hat nichts zu bedeuten.«

»Wahrscheinlich«, gab ich ihr Recht, obwohl ich wusste, dass wir beide schon lange nicht mehr an Zufälle glaubten.

Am nächsten Morgen dachten wir nicht mehr daran. Dazu waren wir viel zu aufgeregt und gespannt darauf, was Amanda und Sister X dem Direktor vorführen wollten. Wir konnten kaum erwarten loszufahren.

Als wir endlich startbereit waren und Blümchen, Sister X und ich schon auf Bubi saßen, ging Amanda noch einmal zurück ins Haus.

Ein paar Minuten später kam sie mit Opa Schraube wieder heraus. Sie redete auf ihn ein. Leider waren wir zu weit weg, um zu verstehen, was sie ihm sagte.

»Was hattest du denn mit Opa Schraube zu besprechen?«, fragte ich sie, als sie sich vor mich auf Bubis Fahrersitz gesetzt hatte.

»Er soll mir einen kleinen Gefallen tun«, antwortete sie nur. Dann ließ sie Bubi an und ich konnte nichts mehr fragen. Bei dem Lärm, den ihre alte Harley Davidson machte, verstand man kaum sein eigenes Wort.

Auf dem Zirkusgelände entdeckten wir den Direktor gleich am Eingang zur Manege. Wieder war er nicht allein. Siegfried Roy und die Rapps standen bei ihm. Drago Rapp trug dieses Mal nur eine ganz normale Jeans und ein T-Shirt. Trotzdem sah er wieder so toll aus, dass ich gleich ein flaues Gefühl im Magen bekam, als ich ihn sah.

Wir waren noch ein ganzes Stück von den Zirkusleuten entfernt, da hörten wir schon ihre Stimmen. Sie redeten sehr laut miteinander, fast so, als würden sie streiten. Als sie uns entdeckt hatten, verstummten sie.

Siegfried Roy drehte sich kurz zu uns um, grüßte uns mit einem Kopfnicken und ging davon.

»Ich bin von Verrückten umgeben!«, seufzte Carlos Barone, als wir bei ihm und den Rapps angelangt waren.

Wen er wohl damit meinte? Doch wohl nicht etwa Drago Rapp?

»Ach, es wird schon alles gut. Verlassen Sie sich darauf«, sagte Drago und lächelte dem Direktor aufmunternd zu.

Dann war es wohl Siegfried Roy, den Carlos als Verrückten bezeichnet hatte. Zu dem schweigsamen Raubtierdompteur passte das auch viel besser.

Drago hielt mir zur Begrüßung die Hand hin. Als ich sie nahm, war ich kurz davor, ohnmächtig zu werden. Meiner Freundin schien es nicht viel besser zu gehen, als er auch sie mit Handschlag begrüßte. Seine Frau lächelte uns an, als wüsste sie genau, wie toll wir ihren Mann fanden. Es war zu peinlich!

Der Direktor baute sich breitbeinig vor Amanda auf und betrachtete Sister X mit hochgezogenen Augenbrauen.

»Das ist also Ihr Schaf«, meinte er dann.

»So ist es, lieber Herr Direktor«, flötete Amanda. »Es heißt Sister X, ist ein Medium und außerirdisch. Darum trägt es die Sonnenbrille.«

Der Direktor winkte ab. »Ja, ja, meinetwegen. Jedenfalls ist die Sonnenbrille gut. So was mögen die Leute. Und was wollen Sie uns jetzt zeigen? Denn die Sonnenbrille allein reicht noch nicht für einen Auftritt.«

»Da haben Sie wohl Recht«, sagte Amanda. »Meine Assistentinnen und ich haben uns ein kleines Programm überlegt, das wir Ihnen gern vorführen möchten.«

»Assistentinnen?«, riefen Blümchen und ich.

»Wollen Sie etwa sagen, die Mädchen treten mit auf?«, fragte Carlos Barone entsetzt.

»Allerdings. Bitte unterschätzen Sie sie nicht, nur weil sie noch jung sind. Ricki ist das aufgeweckteste Mädchen, das ich kenne. An ihr könnte sich manch ein Erwachsener ein Beispiel nehmen. Und Blümchen kann es sowieso mit jedem aufnehmen. Sie kann sogar boxen!«

»Amanda! Bitte!«, rief Blümchen und wurde knallrot. Sie hat es überhaupt nicht gern, wenn sie vor anderen gelobt wird. Und über das Boxen redet sie nur selten und schon gar nicht mit Fremden. In der Hinsicht kann ich sie nicht verstehen. Ich wäre froh, wenn es etwas gäbe, mit dem ich vor anderen ein wenig angeben könnte.

»Boxen!«, rief der Direktor. »Das habe ich in meiner Jugend auch gemacht. Ich wusste gar nicht, dass Mädchen diesen Sport auch ausüben.«

»Warum denn nicht?«, fragte Blümchen mit zusammengezogenen Augenbrauen. »Denken Sie, Jungen könnten alles besser?«

»Nicht alles!«, lachte der Direktor. »Aber Boxen ist doch eher was für Männer!«

Er stellte sich in Boxerpositur vor Blümchen. »Aber du kannst mir ja zeigen, dass du es besser kannst. Wie wäre es mit einem kleinen Kämpfchen?«

»Nein, das will ich nicht«, sagte Blümchen sofort.

»Warum denn nicht? Ich schlage auch nicht fest zu. Nur ein kleines Schaukämpfchen.«

Blümchen sah Amanda fragend an. Doch die zuckte nur mit den Schultern.

Der Direktor ließ nicht locker. »Also, was ist? Keine Angst. Ich tu dir nicht weh.«

»Ich will Ihnen aber auch nicht wehtun«, sagte Blümchen.

Carlos Barone lachte laut auf und hüpfte mit angewinkelten Armen vor Blümchen herum. »Ach was! Schlag ruhig zu. Ich kann was vertragen. Schlag, so fest du kannst.«

»So fest ich kann?«

»Aber sich–«

Weiter kam der Direktor nicht mehr, denn Blümchens Linke hatte ihn voll am Kinn erwischt. Er saß breitbeinig auf dem Boden und sah Blümchen an, als hätte er einen Geist vor sich.

»War das fest genug?«, fragte Blümchen.

»Ja – äh – sicher«, stammelte der Direktor und rieb sich das Kinn, während sich die Rapps vor Lachen fast auf dem Boden wälzten.

»Können wir Ihnen dann zeigen, was wir können?«, fragte Amanda unschuldig.

Carlos Barone erhob sich stöhnend und rieb sich dabei immer noch sein Kinn. »Ich bitte darum«, sagte er dann. »Deshalb sind wir schließlich hier.«

»Was sollen wir denn machen?«, fragte ich Amanda leise, während wir mit ihr und Sister X die Manege betraten.

»Lächelt einfach freundlich«, antwortete Amanda. »Ich sage euch dann schon, was ihr tun sollt.«

»Wenn das mal gut geht«, seufzte Blümchen leise.

* 5 *

In der Mitte der Manege blieb Amanda stehen. Sister X stellte sich vor Amanda, während wir uns ein paar Schritte links und rechts von ihr aufbauen mussten.

Amanda hob die Arme, so wie es der Direktor immer tat, wenn er einen neuen Artisten ansagte.

»Meine Damen und Herren!«, rief Amanda so laut, als wäre der Zirkus voller Zuschauer. »Viele Menschen behaupten, Schafe wären nicht intelligent! Wie oft werden andere Menschen als ›dumme Schafe‹ bezeichnet! Doch heute will ich Ihnen beweisen, dass mein zaubergalaktisches Schaf Sister X intelligenter ist als viele Menschen! Zunächst wird Ihnen Sister X ihre außergewöhnliche Sprungkraft zeigen. Sehen Sie und staunen Sie!«

Dann musste Blümchen sich vor und ich mich hinter Sister X aufstellen und die Hände ausstrecken.

»Sister X! Hüpf!«, rief Amanda.

Sister X ging in die Knie und sprang aus dem Stand heraus auf unsere Hände. Niemals hätte ich geglaubt, dass Blümchen und ich stark genug wären, um ein ausgewachsenes Schaf auf unseren ausgestreckten Händen zu tragen. Doch Sister X war leicht wie eine Feder. Vielleicht täuschte ich mich aber auch. Denn kaum stand Sister X auf unseren Händen, da sprang sie auch schon wieder auf den Boden zurück.

»Und nun, meine Damen und Herren, will ich Ihnen zeigen, dass Schafe nicht nur auf vier Beinen laufen können!«

Blümchen und ich mussten wieder unsere alte Position einnehmen, ein paar Schritte seitlich von Amanda. Auf Amandas Kommando tänzelte Sister X auf ihren Hinterbeinen erst um mich und dann um Blümchen herum. Dann tat sie das Gleiche noch einmal auf ihren Vorderbeinen.

Und so ging es weiter: Sister X wackelte mit dem linken und dann mit dem rechten Ohr, ließ ihren Schwanz links und rechts herum kreisen, verbeugte sich, machte einen Hofknicks und robbte wie ein Indianer durch die Manege.

Blümchen und ich hatten dabei nicht viel zu tun. Wir mussten nur auf unseren Plätzen stehen und lächeln. Ich war schon kurz vor einem Gesichtskrampf.

»Genug!«, rief der Direktor, als sich Sister X gerade an einem Purzelbaum vorwärts und rückwärts versuchte. »Bravo! Bravo!«, rief er und klatschte begeistert in die Hände.

Auch die Rapps fielen in den Applaus ein und kamen auf uns zugelaufen.

»Und? Nehmen Sie uns?«, fragte Amanda.

»Aber sicher!«, rief Carlos Barone. »Mit Kusshand,

sozusagen. Das war wirklich hervorragend, ganz hervorragend!«

Drago Rapp schüttelte den Kopf. »Eigentlich sagt man immer, Schafe wären nicht zu dressieren, aber das scheint nicht zu stimmen.«

»Sister X ist auch ein ganz besonderes Schaf«, sagte Amanda. »Es ist nämlich – «

»Außerirdisch!«, unterbrach sie der Direktor. »Ja, ja! Von mir aus kann es vom Mars oder sonst wo herkommen. Es ist auf jeden Fall engagiert! Gleich morgen, zur Nachmittagsvorstellung, können Sie zum ersten Mal auftreten. Ist Ihnen das recht?«

»Aber sicher«, schmunzelte Amanda. »Sister X, meine Assistentinnen und ich freuen uns schon darauf.«

»Sehr schön«, sagte Carlos Barone und rieb sich die Hände. »Doch nun muss ich gehen. Ich erwarte Besuch.«

Damit drehte er sich um und watschelte auf seinen kurzen Beinen zum Ausgang.

»Das wird *die* Sensation! *Die* Sensation!«, rief er dabei immer wieder.

Beim Ausgang sah ich einen Mann stehen. Der Direktor steuerte auf ihn zu und begrüßte ihn. Dann gingen die beiden gemeinsam zum Wagen des Direktors. Mir kam der Mann irgendwie bekannt vor, doch ich wusste nicht, woher.

Blümchen kam mir zu Hilfe. »Ist das nicht unser Bürgermeister Klemens Schwatz?«, fragte sie.

»Genau!«, rief ich. »Was der wohl hier will?«

»Der Zirkus und die Stadt wollen zusammenarbeiten«, sagte Nele Rapp. Dann hielt sie sich den Zeigefinger vor den Mund. »Aber das ist noch ein Geheimnis.«

Ich fragte mich, was das wohl für eine Zusammenarbeit sein könnte.

Zum Abschied gab Drago uns noch einmal die Hand. Mir wurde wieder heiß und kalt.

Als die Rapps gegangen waren, sprang Blümchen begeistert in die Höhe und stieß mich dabei fast um. »Wir treten im Zirkus auf! Wir treten im Zirkus auf! Ich kann es immer noch nicht glauben. Und ich bin so nervös! Wahrscheinlich kann ich morgen vor Lampenfieber keinen Fuß vor den anderen setzen!«

Erst jetzt wurde mir so richtig bewusst, was eigentlich geschehen war. Und sofort meldete sich mein Magen. Morgen würden uns ein paar hundert Leute beobachten! Ich fragte mich, wie ich das überstehen sollte.

»Nur schade, dass wir es Lulus Unfall zu verdanken haben, dass wir im Zirkus auftreten können«, sagte Blümchen, als wir aus dem Zelt gingen.

»Mir wäre auch lieber, wir hätten einen freudigeren Anlass«, sagte Amanda. »Aber wir tun es ja auch für Lulu.«

»Sollen wir dir den Wagen zeigen, vor dem Lulu sich gestern Abend gestritten hat?«, fragte ich Amanda.

»Das ist nicht nötig«, antwortete sie. »Ich möchte nicht, dass uns jemand dabei sieht. Das würde zu viel

Aufsehen erregen. Lasst uns lieber zum Krankenhaus fahren und Lulu selbst fragen, mit wem sie den Streit hatte.«

»Jetzt gleich?«, fragte Blümchen.

»Nein, noch nicht. Vorher haben wir noch etwas zu erledigen.«

Da Amanda uns nicht sagen wollte, was sie noch zu erledigen hatte, mussten wir uns wieder einmal überraschen lassen. Wir staunten nicht schlecht, als sie mit uns zum Boxclub von Opa Schraube und Blümchen fuhr.

Blümchens Opa wartete schon auf uns, und mit ihm seine drei Freunde Günter, Willi und Walter. Ich muss insgeheim immer lachen, wenn ich das seltsame Trio sehe. Walter, der ein Wettbüro an der Pferderennbahn besitzt, ist immer herausgeputzt, als wolle er zum Ball der einsamen Herzen. Günter, einen ehemaligen Jockey, sieht man nie ohne seine Hosenträger und seine Baskenmütze. Und der Kneipenwirt Willi scheint nur einen einzigen Jogginganzug zu besitzen, den er ständig trägt. Aber alle drei haben sie sehr gute Verbindungen zu »gewissen Kreisen«, wie Papa es ausdrücken würde.

»Da seid ihr ja endlich!«, begrüßte uns Opa Schraube. »Wir stehen uns schon die Beine in den Bauch.«

»Hör auf zu meckern«, wies Walter ihn zurecht. »Bestimmt ist es nicht so einfach, ein Engagement beim Zirkus zu bekommen.«

»Ach, es war eigentlich gar nicht so schwierig«, sagte Amanda leichthin.

»Und wir sind ihre Assistentinnen!«, rief Blümchen. »Stell dir vor, Opa! Wir treten im Zirkus auf!«

Opa Schraubes Zigarrenstummel kreiste in seinem Mund. »Na, hoffentlich hat deine Mutter nichts dagegen.«

»Das wird sie schon nicht«, meinte Amanda. »Aber nun spannt mich nicht länger auf die Folter. Habt ihr etwas gefunden?«

»Was sollen sie denn gefunden haben?«, fragte Blümchen.

»Na ja«, meinte Amanda gedehnt. »Ich habe deinen Opa und seine Freunde heute Morgen um einen kleinen Gefallen gebeten.«

»Während ihr den Direktor im Zirkuszelt abgelenkt habt, sollten wir die Treppe dieser Lulu etwas genauer unter die Lupe nehmen«, erklärte Günter.

»Ach, das hast du heute Morgen mit Opa Schraube besprochen!«, rief ich. »Habt ihr denn was gefunden?«

»Das ist einem technischen Laien nicht so leicht zu erklären«, antwortete Opa Schraube.

»Versuchen Sie es nur«, grinste Amanda. »Wenn es zu schwierig für uns wird, sagen wir es schon.«

Opa Schraube räusperte sich. »Wenn man sich die Treppe etwas näher ansieht, dann stellt man mit einigem technischen Sachverstand fest ...«

»... dass sie kaputt ist«, ergänzte Willi.

Amandas Grinsen wurde breiter. »Das habe ich verstanden.«

»Das wollte ich nicht sagen«, schnaufte Opa Schraube mit einem Seitenblick auf Willi. »Der technische Zustand der Treppe lässt darauf schließen ...«

»... dass jemand daran herumgefummelt hat«, ergänzte Walter. »Wir wissen es aber nicht genau.«

Opa Schraube holte tief Luft. »Eben. Wir haben die Treppe also einer genauen Prüfung unterzogen. Dabei haben wir festgestellt ...«

»... dass es keinerlei angesägte Schrauben gibt«, unterbrach Günter ihn. »Aber ein paar Schrauben scheinen zu fehlen. Die könnten noch in der Manege liegen.«

»Wer erzählt hier eigentlich?«, rief Opa Schraube. »Ihr oder ich?«

»Du natürlich. Schließlich bist du doch unser Experte für Schrauben«, sagte Willi, und Walter und Günter grinsten.

Opa Schraube bedachte seine Freunde mit einem nicht sehr freundlichen Blick. »Wir sind also zu dem Ergebnis gekommen, dass wir noch mal in den Zirkus müssen, um in der Manege nach angesägten Schrauben zu suchen.«

Amanda kratzte sich am Kopf. »Das wird nicht einfach. In der Manege wird man kaum eine Minute unbeobachtet bleiben können.«

»Brauchen Sie für Ihren Auftritt nicht vielleicht eine Treppe, ein Gestell oder ein anderes Gerät?«, fragte Walter. »Wir könnten uns dann als Handwerker ausgeben, die das Gerät für Sie in der Manege installieren.«

»So etwas hatte ich zwar nicht vorgesehen, aber ich könnte meinen Auftritt etwas umändern und ein solches Gerät einbauen«, sagte Amanda.

»Und woran hatten Sie gedacht?«, fragte Opa Schraube mit hochgezogenen Augenbrauen.

»An ein Fahrrad für Sister X.«

»Wie bitte? Ein Fahrrad für ein Schaf? Geht's Ihnen noch gut?«

»Nun lass sie doch erst mal erklären«, unterbrach ihn Walter.

Amanda räusperte sich. »Vielen Dank. Ich dachte an ein Fahrrad mit vier Pedalen und einem langen Sattel. Auf den könnte sich Sister X legen und mit dem Rad durch die Manege fahren. Das würde den Zuschauern bestimmt gut gefallen. Es wäre wirklich zaubergalaktisch, wenn sie es bis morgen früh fertig bekämen. Dann könnte Sister X noch ein wenig üben, bis wir am Nachmittag auftreten.«

Opa Schraube tippte sich mit dem Zeigefinger an die Schläfe. »Ein Fahrrad mit vier Pedalen! Bis morgen früh!«

»Unter normalen Umständen würde ich auch nicht daran glauben, dass es so schnell fertig werden könnte«, sagte Amanda und zwinkerte Opa Schraube zu. »Aber da Sie ja ein Experte in technischen Dingen sind, ist das bestimmt kein Problem für Sie.«

Opa Schraube schnappte nach Luft. »Hören Sie! Wenn Sie …«

»Reg dich nicht auf, Schraube«, unterbrach ihn Willi. »Wir versuchen es einfach.«

»Und wenn wir es nicht schaffen, kannst du dich immer noch als Schaf verkleiden und auf deinem alten Drahtesel durch die Manege fahren«, sagte Günter.

»Die Sonnenbrille würde dir bestimmt gut stehen«, meinte Walter, nahm Opa Schraube am Arm und zog ihn von uns fort. »Und nun lass uns anfangen. Wir haben noch viel Arbeit vor uns.«

»Vielen Dank für Ihre Mühe!«, rief Amanda ihnen noch nach.

Doch Opa Schraubes Freunde hörten sie nicht, sie waren viel zu sehr damit beschäftigt, ihren Freund zu hänseln.

Wir waren nicht die Ersten, die Lulu im Krankenhaus besuchten. Beppino war bereits da. Er und Lulu schienen wohl mehr zu sein als nur Kollegen.

Lulu freute sich sehr uns zu sehen. Bei Beppino war ich mir nicht so sicher.

»Stell dir vor, Lulu!«, rief Blümchen, kaum dass wir im Zimmer waren. »Amanda und Sister X werden dich tatsächlich vertreten. Und Ricki und ich sind ihre Assistentinnen!«

Lulu klatschte in die Hände. »Das freut mich aber! Nun muss ich mir keine Sorgen mehr machen! Vielen, vielen Dank!«

»Carlos hat euch tatsächlich engagiert?«, fragte Beppino ungläubig.

»Er hat sogar gesagt, Sister X wäre *die* Sensation«, antwortete ich.

Beppino schüttelte den Kopf. »Ein dressiertes Schaf. Unglaublich!«

»Die Mädchen haben mir übrigens erzählt, Sie hätten

gestern Abend einen Streit mit jemandem aus dem Zirkus gehabt«, wandte sich Amanda plötzlich an Lulu.

Lulu sah uns an. Das Lächeln auf ihrem Gesicht verschwand mit einem Schlag. Es war mir sehr unangenehm. Manchmal wünschte ich, Amanda wäre nicht ganz so direkt.

»Das – das war eine private Sache«, antwortete Lulu zögernd.

»Ich frage nicht aus Neugier«, erwiderte Amanda. »Wir haben nämlich einen Verdacht.«

»Verdacht? Was meinen Sie damit?«

»Wir fürchten, dass Ihr Unfall kein Unfall gewesen sein könnte.«

Beppino sprang auf. »Was sagen Sie da? Glauben Sie etwa, jemand hätte Lulus Treppe absichtlich beschädigt?«

Amanda nickte. »Wir können es zwar noch nicht beweisen, aber es deutet einiges darauf hin. Und wenn das stimmen sollte, dann liegt natürlich auch der Verdacht nahe, dass derjenige, mit dem Lulu gestritten hat ...«

»Es war Siegfried. Siegfried Roy«, unterbrach Lulu sie.

»Lulu!«, rief Beppino. »Wir hatten doch vereinbart niemandem außerhalb des Zirkus davon zu erzählen.«

»Bei Amanda ist es etwas anderes«, entgegnete Lulu. »Außerdem gehört sie ja jetzt zum Zirkus.«

»Worüber haben Sie denn gestritten?«, fragte Amanda. »Die Mädchen haben gesagt, es sei um den Zirkus gegangen.«

»Das stimmt.« Lulu nickte. »Carlos Barone verhandelt gerade mit der Stadt. Er will hier ein Winterquartier bauen. Eine Halle, in der man auch im Winter auftreten kann. So, wie beim Zirkus Krone in München. Die Stadt will uns ein Grundstück zur Verfügung stellen und sogar einen Teil des Gebäudes bezahlen.«

Das war es also, was Carlos Barone und unser Bürgermeister Schwatz miteinander zu besprechen hatten.

»Das ist doch sehr erfreulich«, meinte Amanda. »Was gibt es da zu streiten?«

»Das finden wir auch. Es sind ja auch alle dafür – bis auf Siegfried. Er droht sogar damit, den Zirkus zu verlassen, wenn er im Winter auftreten soll. Er hat Angst um seine Tiere. Es sei hier zu kalt für sie. Er geht mit ihnen im Winter immer nach Südspanien, weil es da viel wärmer ist.«

»Das kann ich verstehen«, sagte Blümchen. »Die Raubtiere kommen ja auch aus wärmeren Ländern.«

Lulu schüttelte den Kopf. »Erstens sind sie alle hier geboren, also an das Klima gewöhnt. Und andere Dompteure treten auch mit ihren Tieren im Winter auf. Außerdem sind die Stallungen und der Winterbau gut geheizt. Siegfried ist einfach nur stur! Und mit dieser Sturheit treibt er uns alle ins Unglück!«

»Ist das nicht ein wenig übertrieben?«, fragte Amanda.

»Nein, überhaupt nicht!«, rief Beppino. »Wenn Siegfried den Winterbau verhindert, dann können wir bald dichtmachen. Wenn wir nur im Sommer spielen, nehmen wir nicht genug Geld ein. Wenn wir einen Winterbau hätten, könnten wir das ganze Jahr über arbeiten.«

»Wäre es denn so schlimm, wenn Siegfried den Zirkus verlässt?«, fragte Amanda.

»Ja, zumindest glaubt das unser Direktor. Siegfried Roy ist der beste Raubtierdompteur – von Sergej Wolff einmal abgesehen.«

Ich sah, wie Blümchen zusammenzuckte, als sie den Namen ihres Vaters hörte.

»Das war auch der Grund für den Streit«, erzählte Lulu weiter. »Ich war tagsüber in der Stadt, um etwas zu besorgen. Da habe ich zufällig Siegfried Roy aus dem Rathaus kommen sehen. Ich habe mir gleich gedacht, dass er dort war, um etwas gegen den Winterbau zu unternehmen. Das habe ich ihm gestern Abend auf den Kopf zu gesagt. Außerdem habe ich ihm angedroht zum Direktor zu gehen, damit er entlassen wird, wenn er sich weiter quer legt. Und wenn er hundertmal der beste Raubtierdompteur ist!«

»Glauben Sie, dass Siegfried sich an Ihrer Treppe zu schaffen gemacht haben könnte, um Sie daran zu hindern, zum Direktor zu gehen?«

Lulu sah Amanda mit großen Augen an. »Nein!«, sagte sie dann bestimmt. »Siegfried ist stur und unnahbar, aber er ist kein Verbrecher! Im Grunde ist er ein ehrlicher Kerl. Außerdem ist doch noch gar nicht bewiesen, dass es kein Unfall war.«

»Noch nicht, und es wäre mir, ehrlich gesagt, auch lieber, wir würden keinen Beweis dafür finden«, sagte

Amanda und sah auf ihre Uhr. »Wir müssen los. Es ist schon spät geworden. – Außerdem wollen Sie sicher noch ein wenig allein sein«, sagte sie mit einem kleinen Schmunzeln.

Als wir schon an der Tür standen, drehte sich Blümchen noch einmal um.

»Wissen Sie, wie mein Vater damals verschwunden ist?«, fragte sie Lulu.

Ich dachte, ich höre nicht recht! Noch in der letzten Nacht hatte sie gesagt, sie würde Lulu nicht nach ihrem Vater fragen!

Lulu sah Blümchen an. Für einen Moment wurde es sehr still in dem Zimmer. Dann schien sie etwas sagen zu wollen.

Doch Beppino kam ihr zuvor. »Wir wissen nichts«, sagte er schnell. »Du solltest besser deine Mutter fragen.«

* 6 *

Niemand von uns sprach ein Wort, als wir das Krankenhaus verließen. Doch dann, als wir schon wieder auf Bubi saßen, hielt ich es nicht mehr aus.

»Warum hast du Lulu nach deinem Vater gefragt? Das wolltest du doch nicht!«

»Ich weiß auch nicht, warum«, antwortete Blümchen nur.

Dann ließ Amanda Bubi an.

Als wir nach Hause kamen, saß Frau Wolff im Büro der Detektei und wollte nicht gestört werden. Sie musste einen Bericht für eine Versicherung schreiben. Papa war noch im Polizeipräsidium und Opa Schraube bastelte wahrscheinlich gerade an dem Fahrrad für Sister X. Wir waren also allein.

Ich hätte mich gern mit Blümchen über Siegfried Roy, Lulus Unfall, unseren Zirkusauftritt und all die anderen aufregenden Dinge unterhalten, aber sie wollte nicht.

»Ich bin müde«, sagte sie nur. »Ich geh in mein Zimmer.«

Also half ich Amanda in der Küche und redete mit

ihr darüber. Als wir das Abendessen fertig hatten, erschienen Frau Wolff, Papa und schließlich auch Blümchen.

Das Fahrrad von Sister X musste wohl tatsächlich ziemlich schwer zu bauen sein, denn Opa Schraube war immer noch nicht zurück.

»Alles klar?«, fragte ich Blümchen.

»Ja, ja«, antwortete sie nur und setzte sich an den Tisch. Seit unserem Besuch bei Lulu war meine Freundin verändert. Sie sah nachdenklich aus, fast so, als hätte sie einen Entschluss gefasst.

Ich dachte nicht weiter darüber nach, denn ich musste doch Papa und Frau Wolff erzählen, dass Amanda und Sister X von Carlos Barone engagiert worden waren und dass Blümchen und ich ihre Assistentinnen sein würden.

»Könnt ihr das denn überhaupt?«, fragte Papa.

»Klar, können wir das!«, rief ich. »Oder, Blümchen?«

»Ja, ja.«

»Hoffentlich macht euch das Zirkusleben nicht so viel Spaß, dass ihr nicht mehr zur Schule gehen wollt«, meinte Papa.

Es sollte wahrscheinlich ein Witz sein, aber Frau Wolff ging gleich darauf ein. Wie gesagt, mein Papa ist nicht besonders geschickt in solchen Sachen.

»Das fehlte mir noch!«, rief Blümchens Mama. »Solange ich etwas dazu zu sagen habe, wird Julia bestimmt nicht zum Zirkus gehen!«

»Da will ich auch überhaupt nicht hin!«, rief Blümchen plötzlich. »Ich habe die ganze Geheimniskrämerei sowieso allmählich satt!«

»Meine Güte, Julia!«, rief Frau Wolff. »Was hast du denn? So ernst habe ich das doch gar nicht gemeint.«

»Ich aber!«, rief Blümchen. »Ich will es jetzt endlich wissen!«

Ich war wie vor den Kopf geschlagen. Was war nur mit ihr los? So wütend hatte ich sie noch nie gesehen.

»Was willst du wissen?«, fragte ihre Mama.

»Was damals mit Papa passiert ist – und mit Frau Kaminski!«

»Was hat denn meine Frau damit zu tun?«, fragte Papa.

Verzweifelt versuchte ich Blümchen ein Zeichen zu geben. Wir hatten doch besprochen, dass wir unseren Eltern noch nicht sagen wollten, was wir herausgefunden hatten. Doch Blümchen schien nichts mehr zu sehen und zu hören.

»Papa ist damals mit Rickis Mama davongelaufen!«, rief sie. »Das haben Ricki und ich herausgefunden! Rickis Mama! Jawohl! Und ich will jetzt sofort wissen, was damals passiert ist!«

Papa und Frau Wolff waren fast gleichzeitig blass geworden. Und sogar Amanda schien überrascht zu sein, obwohl sie sonst kaum etwas aus der Ruhe bringt. Sie sah meine Freundin besorgt an.

»Stimmt das, Ricarda?«, fragte Papa mich.

Ich nickte. Was blieb mir auch anderes übrig.

»Und was habt ihr herausgefunden?«

»Wir haben geträumt. Und in dem Traum haben wir sie gesehen«, sagte ich leise. »Dann haben wir die Fotos verglichen und den Tag, an dem Mama und Herr Wolff verschwunden sind. Es passt alles zusammen.«

»Das darf doch nicht wahr sein!«, rief Papa. »Dann hat Ihr Mann meine Frau entführt?«

»Entführt?«, rief Frau Wolff. »Das ist ja wohl das Letzte! Mein Mann entführt keine Frau. Sie ist freiwillig mitgegangen. Wer weiß, wie sie ihn herumgekriegt hat!«

»Das nehmen Sie sofort zurück!«

»Dann nehmen Sie auch zurück, was Sie gesagt haben!«

»Hört auf zu streiten!«, schrie Blümchen dazwischen. Ihr liefen schon die Tränen über das Gesicht. »Ihr sollt mir sagen, was damals passiert ist!«

Gerda Wolff sprang auf. »Das weiß ich nicht! Aber du kannst ja Herrn Kaminski fragen. Der glaubt ja, Papa hätte seine Frau entführt!«

Damit rannte sie aus der Küche. Kurz darauf krachte Amandas Wohnungstür ins Schloss.

Papa warf seine Serviette auf den Tisch und stand auf. »Mir reicht es auch! Ich habe keinen Hunger mehr!«

Ein paar Augenblicke später krachte die Wohnungstür zum zweiten Mal ins Schloss.

Ich spürte, wie eine Stinkwut in mir hochstieg. Ich war wütend auf Papa und auf Frau Wolff, weil sie sich nicht vernünftig darüber unterhalten konnten. Vor allem aber war ich wütend auf Blümchen.

»Warum hast du das gemacht?«, schrie ich sie an.

»Warum hast du nicht wenigstens vorher mit mir darüber gesprochen?«

»Weiß ich nicht!«, schrie Blümchen zurück. »Lass mich in Ruhe!«

»Nichts lieber als das!«

Kurz darauf war ich es, die Amandas Wohnungstür ins Schloss krachen ließ.

Ich rannte in mein Zimmer, warf mich auf mein Bett und bearbeitete das Kopfkissen mit meinen Fäusten. Als ich völlig außer Atem war und mein Kopfkissen wie eine verbeulte Melone aussah, ging es mir etwas besser. Aber wütend war ich immer noch auf meine Freundin. – Freundin? War sie das überhaupt? Ich dachte immer, Freundinnen würden alles besprechen. Wie oft hatten wir über Mama und Blümchens Papa geredet. Und immer hatte sie gesagt, wir sollten noch nichts davon erzählen. Und jetzt das!

Allmählich verschwand meine Wut. Dafür wurde ich traurig. Ich dachte an die vielen aufregenden Sachen, die Blümchen und ich schon erlebt hatten, obwohl wir uns noch gar nicht so lange kannten. Ich hatte noch nie eine richtige Freundin gehabt – bis wir uns getroffen hatten. Und nun hatten wir uns so gestritten. Ob wir uns jemals wieder vertragen würden?

Warum hatte sie das nur getan? Ich dachte daran, wie sie Lulu nach ihrem Vater gefragt hatte und Beppino ihr ziemlich barsch geantwortet hatte, sie solle ihre Mutter fragen. Wahrscheinlich hatte sie deshalb gedacht, Frau Wolff würde ihr etwas verschweigen.

Darum war sie wohl auch so nachdenklich geworden und in ihr Zimmer gegangen. Das hätte mir eigentlich früher auffallen müssen. Aber ich war so mit unserem Zirkusauftritt beschäftigt gewesen, dass ich überhaupt nicht gemerkt hatte, wie meine Freundin sich damit herumquält. Eine schöne Freundin war ich! Als mich Blümchen wahrscheinlich am meisten gebraucht hatte, war ich nicht für sie da gewesen. Also war ich eigentlich schuld daran. Ich musste zu Blümchen, um mich zu entschuldigen!

Ich stand auf und wollte zu ihr. Doch ich kam nur bis in den Hausflur. Dort kam mir Blümchen entgegen.

»Es tut mir so Leid!«, schluchzte sie. »Ich hätte vorher mit dir reden müssen!«

»Nein«, schluchzte ich zurück. »Ich hätte wissen müssen, wie schlecht es dir geht!«

Dann fielen wir uns in die Arme, heulten und sagten uns gegenseitig, dass wir schuld wären und dass wir noch nie eine bessere Freundin gehabt hätten.

»Jetzt brauche ich Gummibärchen«, sagte ich, als wir fertig waren, und wischte mir die Tränen aus dem Gesicht. »Hast du noch welche?«

Blümchen rieb sich mit dem Ärmel ihrer weißen Bluse über das Gesicht. Er war schon ganz nass. »Klar, in meinem Geheimversteck. Eiserne Ration für Notfälle!«

Und das war ein Notfall! Wir machten uns auf den Weg zur Wohnung der Wolffs.

Plötzlich blieb Blümchen stehen. »Redet da nicht jemand?«, fragte sie leise.

Nun hörte ich es auch. »Ja! Es kommt aus Amandas Wohnung!«

Die Tür zu Amandas Wohnung stand weit offen. In der Küche brannte Licht. Von dort kamen auch die Stimmen.

»Das sind Mama und dein Papa«, sagte Blümchen leise.

In dem Augenblick kam Amanda aus der Küche. Als sie uns sah, legte sie ihren Zeigefinger an den Mund und bedeutete uns, nicht in die Küche zu gehen. Dann verschwand sie in einem der anderen Zimmer.

Blümchen und ich versteckten uns in der Nähe der Küchentür und lauschten, was unsere Eltern zu bereden hatten.

»Ich weiß immer noch nicht, warum ich so ausgerastet bin«, hörten wir Frau Wolffs Stimme.

»Es war der Schock«, antwortete Papa. »Machen Sie sich keine Gedanken deshalb. Ich hätte auch nicht sagen dürfen, dass Ihr Mann meine Frau entführt hat. Das habe ich überhaupt nicht so gemeint.«

»Ich weiß«, sagte Frau Wolff. »Wir waren wohl beide ziemlich durcheinander. Es ist ja auch ein unglaublicher Zufall, dass ausgerechnet wir uns hier begegnet sind. Ich kann mir schon vorstellen, dass den Mädchen das zu schaffen macht.«

»Ich mir auch. Ob sie es wirklich geträumt haben, wie Ricki gesagt hat?«

»Das weiß ich nicht«, antwortete Frau Wolff. »Aber es stimmt. Wir haben die Daten ja auch miteinander verglichen. Ehrlich gesagt hatte ich immer ein seltsames Gefühl, seit ich wusste, dass Sie bei der Polizei sind.«

»Mir ging es nicht anders«, sagte Papa. »Ich wusste ja, dass meine Frau mit jemandem vom Zirkus – fortgegangen ist. Aber ich habe mich nicht getraut Sie darauf anzusprechen.«

Frau Wolff lachte laut auf. »Das ging mir genauso. Ich hatte Angst, wir könnten uns deshalb streiten.«

»Das haben wir ja auch getan!«, lachte nun Papa. »Aber zum Glück haben wir uns wieder versöhnt. Ich hätte es nicht ertragen, wenn wir das nicht aus der Welt geschafft hätten.«

»Tatsächlich?«, fragte Frau Wolff mit einer seltsamen Stimme. »Warum hätten Sie es denn nicht ertragen?«

Blümchen stieß mich an und hielt sich die Hand vor den Mund. Es war nicht nötig, denn ich biss mir auch schon auf die Lippe.

»Na ja«, sagte Papa. »Weil – zum Beispiel wegen der Mädchen. Sie sind doch so gute Freundinnen.«

»Ja, die Mädchen«, sagte Frau Wolff gedehnt.

»Aber – äh – nicht nur deshalb«, stotterte Papa.

»Was denn noch?«

»Nun – ich – wir sind doch erwachsene Menschen.«

Ich verdrehte die Augen. Das war wieder typisch Papa. Warum sagte er nicht einfach, was er dachte?

»Ja, das sind wir«, sagte Frau Wolff. Sie ließ ihn ganz schön zappeln.

»Eben. Und deshalb dachte ich, dass wir – ich meine Sie – oder besser ich Ihnen vorschlagen wollte …«

»Was wollen Sie mir vorschlagen?«, fragte Frau Wolff, als Papa nicht weitersprach.

»Dass ich – dass wir – sagen Sie doch bitte Horst zu mir – und du.«

Frau Wolff lachte laut auf. »Mit dem größten Vergnügen, Horst!«

»Danke! Und Sie – ich meine du – heißt Gerda, stimmt's?«

Das war zu viel für Blümchen und mich. Fast gleichzeitig prusteten wir laut los. Ich glaube, umständlicher hat noch niemand jemand anderem das Du angeboten.

Einen Augenblick später standen Papa und Frau Wolff vor uns.

»Habt ihr uns etwa belauscht?«, fragte Frau Wolff.

Es hörte sich aber überhaupt nicht vorwurfsvoll an. Ganz im Gegenteil, denn fast gleichzeitig stimmte sie und dann auch Papa in unser Lachen ein.

So gingen wir alle in Amandas Küche zurück. Als wir sahen, dass wir durch unser Lachen Penelope geweckt hatten, der uns verdattert und ein wenig beleidigt ansah, mussten wir noch lauter lachen. Schließlich umarmten wir uns gegenseitig und es flossen sogar ein paar Freudentränchen.

Papa machte uns einen Kakao. Dann setzten wir uns um Amandas Küchentisch.

Papa und Frau Wolff wollten ganz genau wissen, was wir herausgefunden hatten. Und dieses Mal gab es keinen Streit.

»Ich kann kaum glauben, dass es solche Zufälle gibt«, sagte Frau Wolff schließlich. »Doch nun möchte ich die ganze Sache am liebsten vergessen. Wir wohnen hier zusammen und verstehen uns gut. Warum sollen wir das durch die alten Geschichten gefährden?«

»Genau der Meinung bin ich auch«, sagte Papa.

Blümchen und ich sahen uns an. Ich weiß nicht, was sie dachte, aber ich konnte mir nicht vorstellen, dass es das letzte Mal war, dass wir uns mit dem Verschwinden von Mama und Herrn Wolff beschäftigten.

»Eigentlich wollte ich ja morgen mit zum Zirkus kommen, um euch und Amanda zu bewundern«, sagte Gerda Wolff. »Aber leider bin ich wegen dem blöden Versicherungsfall unterwegs.«

»Und ich habe Dienst«, seufzte Papa.

Blümchen zog ein Gesicht. »Schade!«

»Dafür habe ich mir etwas anderes einfallen lassen«, sagte Blümchens Mama und lächelte verschmitzt. »Ich habe mir gedacht, ich hole meinen alten Schminkkoffer hervor und mache euch für die Vorstellung ein wenig zurecht.«

Blümchen hing noch am Hals ihrer Mama, als plötzlich jemand vor der Wohnungstür rief: »Hallo! Seid ihr noch wach?«

Es war Opa Schraube.

»Ja, Opa! Wir sind in der Küche!«, rief Blümchen zurück.

Als Opa Schraube in der Küchentür erschien, mussten wir wieder lachen. Er war über und über mit Öl beschmiert. Sogar sein Zigarrenstummel hatte etwas abbekommen.

»Vater! Wie siehst du denn aus?«, rief Frau Wolff.

Opa Schraube ließ sich stöhnend auf einen Stuhl fallen. »Dieses alte Mistfahrrad, das Günter besorgt hat, war total verdreckt und verrostet. Wir mussten es ölen.«

»Seid ihr denn fertig geworden?«, fragte ich. »Bekommt Sister X ihr Fahrrad?«

»Sister X, ein Fahrrad?«, fragte Papa ungläubig.

»Ja!«, rief Blümchen. »Das gehört doch zu unserem Auftritt.«

»Aber sicher sind wir fertig geworden. Obwohl es ein

hartes Stück Arbeit war. Wir mussten uns einige ziemlich raffinierte Tricks einfallen lassen, damit …«

»Ach, Vater«, unterbrach Frau Wolff ihn. »Es ist schon so spät. Die Mädchen müssen ins Bett. Und wir auch. Kannst du uns das nicht alles morgen erzählen, wenn Amanda dabei ist?«

»Sicher«, sagte Opa Schraube schnell. »Ich will euch nur noch kurz erklären, wie wir das mit der Lenkung hinbekommen haben.«

Frau Wolff stand auf und gähnte. »Morgen, Vater. Erzähl es uns morgen.«

»Das habe ich gerne!«, rief Opa Schraube. »Die Herrschaften sitzen hier herum und trinken Kakao, während ich mir die Hände wund schufte. Und komme ich dann nach Hause und will nur ein wenig davon erzählen, dann sind die Herrschaften plötzlich müde!«

»Also gut«, seufzte Gerda Wolff. »Dann erzähle uns in Gottes Namen, wie ihr das mit der Lenkung hinbekommen habt.«

Opa Schraube sprang auf. »Nein, jetzt will ich nicht mehr!«

Kurz darauf krachte Amandas Wohnungstür zum vierten Mal an diesem Abend ins Schloss. Zum Glück bekam Opa Schraube nicht mit, wie sehr wir darüber lachten.

* 7 *

»Glaubst du, dass die Sache mit meiner Mutter und deinem Vater damit erledigt ist?«, fragte ich Blümchen, als wir im Bett lagen.

»Kann ich mir nicht vorstellen«, sagte meine Freundin und gähnte herzhaft. »Aber ich bin trotzdem froh, dass sie es jetzt wissen.«

»Ich auch«, sagte ich, aber da schlief Blümchen schon.

Eigentlich hätten wir am nächsten Morgen müde sein müssen. Doch dazu waren wir viel zu aufgeregt. Heute würden wir also zum ersten Mal im Zirkus auftreten! Noch vor dem Frühstück hatte Blümchens Mama uns geschminkt. Ich fand mich so viel hübscher und hätte nichts dagegen gehabt, wenn sie das jeden Tag gemacht hätte.

Opa Schraube war immer noch beleidigt. Nach mehrfachem Drängen erzählte er dann aber schließlich doch von dem Fahrrad mit den vier Pedalen. Da Amanda ihm brav zuhörte und ihn immer wieder lobte, war er bald wieder guter Dinge.

»Das Schwierigste war die Lenkung«, plapperte er.

»Da das Schaf mit allen vier Beinen fahren soll, kann es ja nicht lenken.«

»Das haben Sie gut bedacht«, meinte Amanda.

»Darum haben wir – ich meine, habe *ich* mir etwas einfallen lassen. Wir haben den Lenker einfach ein wenig angewinkelt und festgeschweißt. Nun kann Sister X immer im Kreis herumfahren.«

»Das war eine sehr kluge Idee«, meinte Amanda.

»Und eine Hupe haben wir auch noch angebracht.«

»Eine Hupe?«

»Ja, eine Fahrradklingel wäre doch sinnlos gewesen. Dazu braucht man einen Daumen, und den hat ein Schaf schließlich nicht. In den Gummiball der Hupe kann sie einfach hineinbeißen.«

»Wirklich zaubergalaktisch! Darauf wäre ich nie gekommen«, meinte Amanda mit ernstem Gesicht.

Ich bemühte mich Blümchen nicht anzusehen, denn dann hätte ich mir das Lachen bestimmt nicht verkneifen können.

»Das Fahrrad wird Sister X bestimmt gut gefallen«, sagte Amanda und klopfte Opa Schraube anerkennend auf die Schulter. »Das haben Sie prima gemacht!«

Opa Schraube lehnte sich mit zufriedenem Gesicht auf seinem Stuhl zurück. »Das will ich meinen. Es war schließlich viel Arbeit! Hoffentlich hat sich die Mühe auch gelohnt und wir finden eine von den Schrauben.«

»Welche Schrauben denn?«, fragte Frau Wolff.

Opa Schraube hielt sich die Hand vor den Mund. »Na ja – äh – die Fahrradschrauben natürlich.«

»Vater! Bitte sag mir die Wahrheit!«

»Es ist meine Schuld«, sagte Amanda sofort. »Ich habe Ihren Vater überredet mit seinen Freunden heute in den Zirkus zu kommen. Sie sollen in der Manege nach Schrauben von Lulus Treppe suchen, um zu sehen, ob sie angesägt wurden.«

»Lauft ihr immer noch diesem Hirngespinst nach?«, seufzte Frau Wolff. »Es war ein Unfall. Bestimmt war es ein Unfall.«

»Wir wollen ja auch nur sichergehen«, sagte Amanda. »Wenn wir heute nichts finden, suchen wir nicht weiter.«

»Und wenn ihr etwas findet, dann benachrichtigt auf jeden Fall die Polizei«, ermahnte uns Papa.

Günter, Willi und Walter erwarteten uns schon vor dem Zirkus. Sie hatten das halb zusammengebaute Fahrrad für Sister X mitgebracht. Es hatte tatsächlich vier Pedale. Ich fragte mich, wie Sister X darauf fahren sollte. Doch Amanda war voll des Lobes.

Carlos Barone sah uns etwas verwundert an, als Amanda ihm eröffnete, sie hätte ihren Auftritt ein wenig umgestellt und ein Fahrrad eingebaut, aber er hatte nichts dagegen. Er war auch damit einverstanden, dass die »Handwerker« das Fahrrad in der Manege zusammenbauten.

»Es muss richtig auf den Manegenboden eingestellt werden«, erklärte Amanda. »Es ist ein ziemlich kompliziertes Gerät.«

»Ja, ja, machen Sie nur«, sagte Carlos Barone schon leicht genervt.

»Können wir uns auch irgendwo umziehen?«, fragte Amanda.

Der Direktor sah sich um. »Warum nehmen Sie nicht Lulus Wagen? Der ist im Moment sowieso nicht bewohnt.«

Ich war zum ersten Mal in einem richtigen Zirkuswagen. Ehrlich gesagt war ich ziemlich enttäuscht. Er sah auch von innen wie ein ganz gewöhnlicher Wohnwagen aus, nur etwas größer. Ohne Lulus bunte Kleider und Schuhe, die in allen Regenbogenfarben überall herumlagen, hätte er auch auf jedem Campingplatz stehen können.

»Was sollen wir eigentlich hier?«, fragte Blümchen. »Willst du nach etwas suchen?«

»Nein, wir müssen uns umziehen«, antwortete Amanda. »Das habe ich doch gesagt.«

»Aber was sollen wir denn anziehen?«, fragte ich. Auch ich hatte geglaubt, Amandas Frage wäre nur ein Vorwand gewesen.

»Das hier!«, rief Amanda und zog drei Kostüme aus ihrer Tasche. »Die habe ich heute Nacht genäht. Sind sie nicht zaubergalaktisch?«

Die Kostüme waren aus blauem glitzernden Stoff, der über und über bestickt und mit Pailletten verziert war. Ich glaubte kaum meinen Augen zu trauen, so schön waren sie.

»Die sind für uns?«, fragte ich.

»Sicher!«, lachte Amanda. »Für wen denn sonst? Schließlich müssen wir doch wie richtige Artisten aussehen. Zieht sie schnell an. Ich will sehen, ob sie passen.«

Das ließen wir uns nicht zweimal sagen. Die Kostüme passten tatsächlich wie angegossen. Ich fragte mich, wie Amanda das in einer einzigen Nacht hinbekommen hatte, ohne dass wir die Kostüme auch nur ein Mal anprobiert hatten. Doch Blümchen und ich haben uns mittlerweile an Amandas kleine »Wunder« gewöhnt.

Am Eingang zum Zirkuszelt hätten uns die Pferde der Rapps beinahe über den Haufen gerannt.

»Seid vorsichtig!«, rief uns Drago Rapp zu. »Nicht dass ihr euch schon vor eurem ersten Auftritt verletzt. – Übrigens, eure Kostüme stehen euch sehr gut!«

Mit roten Ohren liefen Blümchen und ich ins Zelt. Das Fahrrad von Sister X lehnte, komplett zusammengebaut, am Manegenrand. Opa Schraube, Günter, Willi und Walter standen mit Unschuldsmienen daneben.

»Diese Gäule haben den ganzen Platz eingenommen«, brummte Opa Schraube. »Wir konnten kaum suchen.«

»Das sind Pferde, keine Gäule!«, sagte Walter streng. »Und dazu noch wunderschöne.«

»Habt ihr trotzdem etwas gefunden?«, fragte Amanda.

Opa Schraube sah sich um, als fürchtete er, jemand könne uns beobachten. Dann griff er in seine Hosentasche und holte eine abgebrochene Schraube hervor. Es war deutlich zu erkennen, dass sie angesägt worden war!

Blümchen schrie leise auf, als sie die Schraube sah. »Dann war es doch kein Unfall!«

»Psst! Nicht so laut! Da kommt jemand!«, raunte uns Walter zu. »Schraube, steck die Schraube wieder ein!«

Gerade noch rechtzeitig ließ Opa Schraube sie in seiner Tasche verschwinden, denn Drago und Nele Rapp kamen auf uns zu.

»Also, dann noch einmal vielen Dank für Ihre Hilfe!«, sagte Amanda betont laut zu Opa Schraube und seinen Freunden. »Sie können jetzt gehen!«

Sie kapierten auch sofort und machten sich mit einem gemurmelten Gruß aus dem Staub.

»Das Fahrrad sieht ja sehr interessant aus«, sagte Drago. »Wir haben es schon während unserer Probe bewundert. Soll ihr Schaf darauf fahren?«

Amanda nickte. »Es ist eine Spezialanfertigung für Sister X. Sozusagen maßgeschneidert.«

»Ich freue mich schon auf Ihren Auftritt«, sagte Nele Rapp.

»Oh ja!«, rief ich. »Wir uns auch!«

Drago lächelte mich freundlich an. »Dann seid ihr wohl mächtig stolz darauf, nun richtige Artisten zu sein.«

Blümchen und ich nickten und versuchten, nicht rot zu werden.

»Ach ja«, seufzte Nele. »In eurem Alter war ich genauso begeistert wie ihr.«

»Und jetzt sind Sie es nicht mehr?«, fragte Amanda.

»Das Zirkusleben ist längst nicht so romantisch, wie viele Leute es sich vorstellen. Immer ist man unterwegs in den engen Zirkuswagen. Nirgendwo ist man richtig zu Hause.«

»Warum hören Sie dann nicht einfach auf?«, fragte Amanda.

Drago lachte laut auf. »Das ist leichter gesagt als getan. Wovon sollen wir dann leben?«

»Ich träume von einer kleinen Pferdezucht«, sagte Nele und sah ihren Mann sehnsüchtig an. »Aber dazu fehlt uns leider das nötige Geld.«

Ihrem Mann schien überhaupt nicht recht zu sein, dass Nele davon sprach. Jedenfalls sah er ziemlich verlegen aus.

»Ich würde meiner lieben Nele gern ihren Wunsch erfüllen«, sagte er dann. »Aber das geht zurzeit noch nicht. Na ja, man soll die Hoffnung nicht aufgeben.«

»Dann käme Ihnen das Winterquartier sicher gut gelegen«, meinte Amanda. »Schließlich können Sie dann das ganze Jahr über arbeiten. Dann haben Sie das Geld für die Pferdezucht vielleicht schneller zusammen.«

»Ach, das wissen Sie auch schon?«, fragte Drago überrascht. »Sie haben sich ja wirklich gut eingelebt. Aber Sie haben Recht. Das Winterquartier würde uns tatsächlich sehr helfen. Eigentlich sind alle begeistert davon – bis auf Siegfried Roy. Der stellt sich immer noch stur. Eigentlich ist er ja ein netter Kerl, aber wenn es um seine Tiere geht, lässt er nicht mit sich reden. Da wird er bockig wie ein Esel.«

»Davon haben wir auch gehört«, sagte Amanda.

»Er hat schon mit allen Streit deswegen«, erzählte Nele freimütig weiter. »Erst kurz vor ihrem Unfall haben Drago, mein Schwager und ich einen Streit zwischen ihm und Lulu mitbekommen.«

»Ihr Schwager?«, fragte Amanda.

Drago sah seine Frau wieder an, als sei ihm gar nicht recht, dass sie so viel erzählte. »Ja, mein Bruder«, sagte er dann aber doch. »Ich bin hier in der Nähe aufgewachsen. Mein Bruder lebt immer noch in der Gegend. Ihm gehört eine Firma in der Stadt. Aber nun entschuldigen Sie uns bitte. Wir müssen uns um unsere Pferde kümmern.«

Blümchen sah den Rapps mit verklärtem Blick nach. »Ist das nicht romantisch?«, seufzte sie. »Meiner *lieben* Nele *gern* ihren Wunsch erfüllen!«

»Was wollen Sie denn hier?«, riss uns eine Stimme aus unseren romantischen Gedanken.

Es war Beppino, er hatte Chico auf der Schulter.

»Wir wollen proben«, sagte Amanda. »Schließlich sollen wir heute Nachmittag zum ersten Mal auftreten.«

»Jetzt bin ich aber dran! Wenn Sie im Zelt proben wollen, müssen Sie sich vorher anmelden.«

»Das wusste ich nicht. Können wir für heute nicht eine Ausnahme machen? Schließlich ist die Manege doch groß genug.«

»Nein! Ihr Schaf verwirrt meinen Vogel!«

»Aber das ist doch …« Amanda wurde von Chico unterbrochen.

Wie in der Vorstellung begann er plötzlich zu kreischen, breitete die Flügel aus und krächzte: »Hört auf den Vogel! Sie blieben nicht, weil sie nicht durften!«

»Du verflixter Vogel!«, fuhr Beppino den armen Chico an. »Was soll dieser Unsinn!«

»Das ist kein Unsinn!«, rief Amanda.

»Erzählen Sie mir bloß nicht wieder, ihr Schaf hätte gesprochen! Ich will von diesem übersinnlichen Quatsch nichts wissen!«

»Nur weil Sie nichts davon wissen wollen, muss es noch lange kein Quatsch sein!«, entgegnete Amanda aufgebracht.

Beppino winkte ab. »Von mir aus können Sie hier proben. Eine Stunde! Dann komme ich wieder und will Sie hier nicht mehr sehen!«

Während er wütend aus dem Zelt stapfte, schimpfte er immer noch mit dem armen Chico.

»Chico hat das Gleiche gesagt, wie bei der Vorstellung vor Lulus Unfall!«, rief Blümchen. »Ob es nicht doch damit zu tun hat?«

Amanda zuckte mit den Schultern. »Ich weiß es nicht. Sister X weiht mich nicht in all ihre Geheimnisse ein.«

»Glaubst du wirklich, Sister X hätte durch Chico gesprochen?«, fragte ich.

»Auch das kann ich nur vermuten. Vielleicht will sie uns warnen oder uns etwas mitteilen.«

»Wovor will sie uns warnen? Und was will sie uns mitteilen?«

»Auch das weiß ich leider nicht, Kinder. Aber wenn

Sister X es will, wird sie es uns bestimmt wissen lassen«, antwortete Amanda. »Kommt, lasst uns jetzt mit den Proben anfangen. Wir haben nur eine Stunde Zeit.«

Die Proben klappten sehr gut. Eigentlich hätten wir gar nicht proben müssen, denn Sister X tat immer genau das, was Amanda ihr sagte, einschließlich Fahrrad fahren. Es schien ihr sogar Spaß zu machen, auf Opa Schraubes Spezialfahrrad Kreise durch die Manege zu ziehen. Am besten schien ihr die Hupe zu gefallen. Immer wieder biss sie in den Gummiball und entlockte der alten Hupe einen quäkenden Ton.

Ich konnte mir nicht vorstellen, dass Sister X uns etwas durch Chico hatte sagen wollen. Aber eines stand fest: Sister X ist schon ein sehr ungewöhnliches Schaf.

Die Zeit bis zur Vorstellung wollte einfach nicht vergehen. Doch dann war es endlich so weit.

Blümchen, Amanda und ich standen die ganze Zeit im Vorraum zur Manege und beobachteten die Artisten, die ja jetzt unsere Kollegen waren. Ich konnte mich kaum darüber freuen, denn in meinem Magen rumorte es, als hätte ich ein ganzes Pfund Schlagsahne gegessen.

Während Veronas Auftritt ärgerte sich Amanda zwar wieder über die Show der angeblichen Wahrsagerin, doch zumindest hatte Verona dieses Mal keine düsteren Vorahnungen.

Nach der Pause waren erst Siegfried Roy und dann Drago und Nele Rapp an der Reihe. Der letzte Auftritt vor unserem! Mein Magen schlug einen Purzelbaum nach dem anderen. Ein Blick auf die Gesichtsfarbe meiner Freundin genügte, um zu wissen, dass es ihr auch nicht besser ging.

Für die Nachmittagsvorstellung hatten die Rapps ihren Auftritt ein wenig verändert. Da viele Kinder im Zuschauerraum saßen, zeigten sie wilde Reiterkunststücke. Drago ritt so waghalsig, dass mir manchmal vor Schreck fast das Herz stehen blieb.

Und dann passierte es. Als Drago besonders wild durch die Manege ritt, flog er plötzlich mit seinem Sattel vom Pferd. Wie bei Lulus Unfall schrien die Zuschauer laut auf.

Doch anders als Lulu blieb Drago nicht liegen, sondern stand gleich wieder auf. Er musste wirklich ein toller Reiter sein, dass er einen solchen Sturz ohne Verletzung überstanden hatte. Und nicht nur das. Als wäre es ein Teil der Vorstellung gewesen, verbeugte er sich und lächelte in die Zuschauermenge. Die dankte es ihm mit einem tosenden Applaus.

Ich sah Blümchen und Amanda fragend an. Ob das tatsächlich einstudiert gewesen war? Doch sie zuckten auch nur mit den Schultern.

Kurz darauf war der Auftritt beendet. Als Drago durch den Manegeneingang kam, lief Carlos Barone gleich auf ihn zu.

* 8 *

Ich hätte gern gehört, was Drago zu seinem Unfall sagen würde, doch das war nicht möglich. Wir waren an der Reihe.

»Meine Damen und Herren! Verehrte Zuschauer! Was Sie nun zu sehen bekommen, gibt es auf der Welt kein zweites Mal!« Ich hörte Carlos Barones Stimme wie aus weiter Ferne. »Manche Tiere gelten als nicht dressierbar! Doch wie sich Experten irren können, werden sie gleich erleben. Begrüßen Sie mit uns die zaubergalaktische Amanda X und ihr Schaf Sister X!«

Ehe ich mich versah, stand ich, von Scheinwerfern angestrahlt, mitten in der Manege.

Ein Gutes hatte Dragos Unfall. Ich hatte keine Zeit gehabt zu überlegen. Sonst hätte ich vor Lampenfieber und Angst wahrscheinlich keinen Fuß vor den anderen setzen können. Doch nun war es zu spät, um darüber nachzudenken.

Ich blinzelte in die grellen Scheinwerfer. Sie blendeten mich so, dass ich kaum einen Zuschauer sehen konnte. Das war vielleicht auch besser so.

»Meine Damen und Herren!«, begann Amanda, wie

schon bei den Proben. »Viele Menschen behaupten, Schafe wären nicht intelligent. Wie oft werden andere Menschen als ›dumme Schafe‹ bezeichnet! Doch heute will ich Ihnen beweisen, dass mein zaubergalaktisches Schaf Sister X intelligenter ist als viele Menschen! Zunächst wird Ihnen Sister X ihre außergewöhnliche Sprungkraft zeigen. Sehen Sie und staunen Sie!«

Schon das erste Kunststück von Sister X war ein voller Erfolg. Die Leute klatschten und jubelten.

Und so ging es weiter. Sister X tänzelte, wackelte mit den Ohren, ließ ihr Schwänzchen kreisen, robbte wie ein Indianer und die Zuschauer klatschten sich die Hände wund.

Amanda schien überhaupt nicht genug zu kriegen. Immer wieder ließ sie sich etwas Neues einfallen. Doch dann, nachdem Sister X mindestens zehn Runden hupend auf ihrem Fahrrad gedreht hatte, verließen wir endlich die Manege, begleitet von tosendem Beifall.

Als wir an Carlos Barone vorbeikamen, der die nächste Attraktion ansagen wollte, nickte er uns zwar aufmunternd zu, zeigte aber vorwurfsvoll auf seine Armbanduhr.

»Es tut mir Leid, dass wir überzogen haben«, entschuldigte sich Amanda bei Carlos, als der wieder zurückkam. »Aber der Applaus war einfach zaubergalaktisch!«

»Schon gut. Das nächste Mal halten Sie sich aber an die vereinbarte Zeit. Die anderen wollen schließlich auch auftreten. Außerdem habe ich im Moment ganz andere Sorgen. Die Polizei ist hier.«

»Die Polizei?«, riefen Blümchen und ich wie aus einem Mund.

»Ja, leider. Siegfried Roy hat sie angerufen. Ausgerechnet! Er muss wohl gesehen haben, dass Dragos Sattelgurt angeschnitten gewesen war.«

»Angeschnitten?«, fragte ich verblüfft.

»Was machen Sie denn hier?«, hörte ich plötzlich eine leider nur zu bekannte Stimme.

»Guten Tag, Kommissar Pauer«, begrüßte Amanda Papas Lieblingsfeind. »Ist Ihr Kollege, Herr Kaminski, auch da?«

»Mein *Kollege* wird gleich kommen, keine Angst«, sagte Herr Pauer. So, wie er das Wort »Kollege« ausgesprochen hatte, wusste man gleich, was er von Papa hielt.

Wie auf ein Stichwort erschien Papa.

»Ist euer Auftritt schon vorüber?«, fragte er. »Schade! Ich hätte ihn mir zu gern angesehen.«

»Wir sind nicht hier, um eine Zirkusvorstellung anzusehen, Herr Kaminski.«

»Du kannst ja noch mal kommen, wenn du freihast«, sagte ich zu Papa, ohne auf die blöde Bemerkung von Kommissar Pauer einzugehen.

»Ist das denn wirklich nötig, dass Sie gleich mit einem so großen Aufgebot hier aufkreuzen?«, fragte Carlos Barone. »Und stimmt es, dass Sie alle meine Leute verhören wollen?«

»Allerdings«, antwortete Kommissar Pauer.

»Muss das wirklich sein?«

»Ich denke schon, dass wir bei einem Mordversuch entsprechend vorgehen müssen«, sagte Herr Pauer kühl.

Carlos Barone riss die Augen auf. »Mordversuch?«

»So ist es. Schließlich ist es nur dem Zufall und dem Geschick von Herrn Rapp zu verdanken, dass nichts Schlimmeres passiert ist. Er hätte genauso gut ...«

»Hören Sie auf! Hören Sie auf!«, rief Direktor Barone dazwischen. »Ich will gar nicht daran denken! Also gut, dann tun Sie, was Sie nicht lassen können! Aber bitte – bitte gehen Sie so unauffällig wie möglich vor. Ausgerechnet heute Abend findet eine Galavorstellung statt. Ich habe den Bürgermeister eingeladen. Und ein Skandal ist das Letzte, was ich jetzt gebrauchen kann!«

»Wir tun nur unsere Arbeit«, sagte Pauer. »Nicht mehr und nicht weniger.«

»Müssen Sie die Leute immer so verängstigen? Das ist doch wirklich nicht nötig«, hörte ich Papa sagen, als er mit Pauer hinausging.

Auch Siegfried Roy sah den beiden nach. Mir war, als huschte ein kleines Lächeln über sein Gesicht. Aber als er merkte, dass ich ihn beobachtete, wurde er gleich wieder ernst. Klar, ihm würde ein Skandal sehr gut in den Kram passen. Aber würde er dafür riskieren, dass einer seiner Kollegen sich schwer verletzte oder sogar noch Schlimmeres passierte?

Plötzlich drehte er sich um und kam auf uns zu. »Ist das dein Vater?«, fragte er mich und sah mir dabei in die

Augen. Erst jetzt fiel mir dieser Blick auf. Es war, als würde er durch meine Augen hindurchsehen, um meine Gedanken zu lesen. Nun konnte ich mir gut vorstellen, dass selbst gefährliche Raubtiere Respekt vor ihm hatten.

»Ja, das ist mein Vater«, brachte ich heraus.

Siegfried Roy nickte. »Gut, dass er da ist. Er findet bestimmt heraus, was hinter diesen Unfällen steckt. – Übrigens, nicht schlecht, euer Auftritt. Ein außergewöhnliches Schaf.«

Bevor ich etwas sagen konnte, hatte er sich umgedreht und ging Papa und Herrn Pauer nach.

»Puh!«, sagte ich zu Blümchen. »Das war unheimlich!«

»Aber er ist kein schlechter Mensch«, sagte Amanda. »Und er versteht etwas von Tieren.«

Es dauerte fast bis zur Abendvorstellung, bis wir mit dem Verhör endlich an die Reihe kamen. Wahrscheinlich wollte Kommissar Pauer uns ärgern, indem er uns warten ließ.

Obwohl er und Papa tatsächlich ziemlich unauffällig vorgingen, merkten wir, dass es im Zirkus immer unruhiger wurde. Die Artisten und die anderen Zirkusmitarbeiter hatten kein anderes Gesprächsthema mehr als Dragos Unfall.

Amanda kam als Erste dran.

»Ich möchte mal einen Fall erleben, bei dem ich Sie nicht treffe«, begann Kommissar Pauer seine Vernehmung, wie er es nannte.

Amanda zuckte mit den Schultern. »Zufall.«

»Wer's glaubt!«

»Wo ist denn Papa?«, fragte ich.

»Er vernimmt eine andere Person. Da du mit ihm verwandt bist, wäre er befangen.«

»Das hört sich ja an, als verdächtigten Sie uns!«, rief Amanda.

»Jeder ist zunächst verdächtig. Aber eines nach dem anderen. Ich muss Sie darauf aufmerksam machen, dass über unser Gespräch ein Protokoll aufgesetzt wird. Alles, was Sie sagen, kann bei Gericht gegen Sie verwendet werden. Haben Sie das verstanden?«

»Ja, ja«, seufzte Amanda. »Machen Sie schon.«

»Na schön. Kommen wir also zur Sache. Wie Sie ja schon gehört haben, wurde der Sattelgurt von Herrn Rapp präpariert. Der Sattel befand sich bis kurz vor dem Auftritt von Herrn Rapp im Pferdestall. Zu den Tiergehegen hat man nur mit einem speziellen Schlüssel Zutritt. Besitzen Sie oder die Mädchen einen solchen Schlüssel?«

»Nein.«

»Aber Sie haben doch ein Tier, mit dem Sie auftreten.«

»Das ist kein Tier, sondern Sister X!«, rief Amanda empört. »Sie ist ein Medium und außerirdisch!«

»Ja, ja!«, stöhnte Kommissar Pauer. »Bitte verschonen Sie mich damit! Also, haben Sie einen solchen Schlüssel jetzt oder früher in Ihrem Besitz gehabt?«

»Nein! Das sagte ich doch schon! Weder ich noch die Mädchen noch Sister X!«

»Wer ist Sister X – ach ja. Was soll das? Das Schaf ist nicht Gegenstand der Vernehmung! Oder kann es ein Schloss aufschließen?«

»Fahrrad fahren kann es«, sagte Blümchen.

»Du bist nicht gefragt!«, fuhr Pauer sie an. »Kommen wir jetzt zum Unfall der Artistin Lulu Lumpi.«

»Was soll das denn jetzt?«, fragte Amanda.

»Mir ist zu Ohren gekommen, dass es sich bei diesem Unfall möglicherweise nicht um einen Unfall handeln könnte.«

Woher wusste er das? Hatte Papa ihm davon erzählt? Zum Glück war es nicht so.

»In diesem Zirkus arbeitet eine Kollegin von Ihnen«, sagte Pauer mit einem breiten Grinsen. »Sehr hübsche Person übrigens. Außerdem ist sie sehr kooperativ. Sie hat mir berichtet, dass sie den ersten Unfall vorhergesehen hat. Auch dieses Mal hat sie wohl wieder eine Vision gehabt. Sie hat aber nichts davon erzählt, weil ihr gewisse Leute, wie sie sich ausdrückte, ohnehin nicht geglaubt hätten.«

Amanda sprang auf. Ihr Gesicht war mit einem Schlag knallrot angelaufen. »Diese, diese Dilettantin! Gar nichts hat sie gesehen! Überhaupt nichts! Sie will sich nur aufspielen! Das ist alles!«

»Nun regen Sie sich doch nicht so auf«, sagte Kommissar Pauer betont ruhig. »Haben Sie nun einen Hinweis darauf, dass die Treppe, von der Frau Lumpi gestürzt ist, auch präpariert war?«

»Nein!«, schnaufte Amanda. »Habe ich nicht!«

»Tut mir Leid, dass ich so die Beherrschung verloren habe«, sagte Amanda zu uns, als Kommissar Pauer endlich gegangen war. »Aber dieser Mensch reizt mich bis aufs Blut! Und als er dann auch noch von dieser Verona anfing ... «

»Ist schon gut, Amanda«, unterbrach ich sie. »Wir können dich gut verstehen. Ich kann diesen blöden Pauer auch nicht leiden. Keiner kann das.«

»Warum hast du ihm denn nicht erzählt, dass wir die Schraube gefunden haben?«, fragte Blümchen. »Wenn Herr Pauer das herausfindet, bekommen wir bestimmt Ärger.«

»Ich werde es ihm schon noch sagen«, antwortete Amanda. »Aber vorher will ich mit Lulu reden – und zwar vor der Polizei! Die Schraube können wir ja auch später noch gefunden haben. Wir müssen jetzt los. Die Abendvorstellung fängt gleich an.«

Als ich Papa am Eingang zur Manege stehen sah, freute ich mich. Nun konnte er vielleicht doch noch unseren Auftritt sehen. Da ich Kommissar Pauer nirgendwo entdeckte, ergriff ich die Gelegenheit, um ihn nach dem Stand der Ermittlungen zu fragen, wie die Polizisten immer so schön sagen.

»Eigentlich darf ich dir nichts verraten«, flüsterte Papa mir zu und sah sich ängstlich um.

»Ach, Papa! Ich verrate auch nichts! Sag mir wenigstens, ob ihr schon einen Verdächtigen habt.«

Papa schüttelte den Kopf. »Bisher steht nur fest, dass

es jemand sein muss, der einen Schlüssel zu den Tiergehegen besitzt oder an einen solchen Schlüssel herankommen konnte.«

»Hat Siegfried Roy so einen Schlüssel?«

»Ja, sicher. Warum fragst du?«

»Nur so.«

»Ricarda! Wenn du etwas weißt, dann ...«

Papa konnte nicht weitersprechen, denn Kommissar Pauer und Direktor Barone kamen auf uns zu.

»Ich habe Herrn Barone gesagt, dass wir jetzt fertig sind. Wenn jemandem noch etwas einfällt, sollen sie uns anrufen. Und dann müssen natürlich alle noch die Protokolle unterschreiben.«

»Ja, ja! Das machen wir!«, stöhnte Carlos Barone und verdrehte die Augen. »Doch nun lassen Sie uns bitte unsere Arbeit tun!«

»Herr Pauer! Was machen Sie denn hier?« Bürgermeister Schwatz kam auf uns zu.

»Mist!«, zischte Carlos Barone durch seine Zähne. »Konnte der nicht fünf Minuten später kommen?«

Dann drehte er sich mit einem strahlenden Lächeln zum Bürgermeister um. »Herr Bürgermeister! Wie schön, Sie zu sehen! Welch eine Ehre!«

»Guten Abend, lieber Herr Barone!«, strahlte der Bürgermeister zurück. Dann zeigte er auf Papa und Herrn Pauer. »Was macht denn die Polizei hier? Ist etwas passiert?«

»Na ja, wie man es nimmt«, sagte der Direktor gedehnt. »Ein Zwischenfall.«

Mit einem Schlag verschwand das Lächeln aus dem Gesicht des Bürgermeisters. »Ein Zwischenfall? Doch hoffentlich nichts Ernstes.«

»Nein, nein!«, rief Carlos Barone viel zu laut. »Es ist nichts passiert. Das werden Ihnen die Herren Polizisten bestätigen.«

Der Bürgermeister hob eine Augenbraue. »Dann ist es ja gut. Sie wissen, dass ich solche Zwischenfälle überhaupt nicht schätze, lieber Herr Barone. Auch wenn ich Sie noch so gern in unserer Stadt habe, wenn Ihr Zirkus nicht sicher sein sollte …«

»Aber Herr Bürgermeister!«, rief Carlos Barone. »Wo denken Sie hin! Alles ist in Ordnung!«

»Gut, dann wollen wir es dabei belassen. Denn nun möchte ich mir unbeschwert Ihre Vorstellung ansehen.«

»Das ist genau die richtige Einstellung, lieber Herr Bürgermeister!«, rief der Direktor. »Ich führe Sie zu Ihrer Loge!«

Während der Bürgermeister zu seinem Platz schritt und dabei huldvoll den umstehenden Artisten zunickte, wuselte Carlos Barone wie ein kleines Hündchen um ihn herum.

Als der Bürgermeister an Siegfried Roy vorbeikam, sah ich ihn zum ersten Mal, seit ich ihn kannte, freundlich lächeln. Aus dem sollte einer schlau werden!

* 9 *

Zum Glück ging die Abendvorstellung ohne Zwischenfälle über die Bühne. Der Bürgermeister war genauso begeistert wie die anderen Zuschauer auch. Ich konnte ihn von meinem Platz im Manegenvorraum beobachten.

Drago Rapp führte seine Pferdedressur vor, als sei nichts gewesen. Ein toller Typ!

Dann waren wir wieder an der Reihe. Leider konnte Papa doch nicht zusehen. Er und Pauer hatten vorher gehen müssen, um noch die Vernehmungsprotokolle zu schreiben.

Dieses Mal hatten Blümchen und ich schon viel weniger Lampenfieber, obwohl wir immer noch ziemlich aufgeregt waren. Und wieder brachte Sister X mit ihren Kunststücken das Publikum zum Toben. Als Sister X sich zum Abschluss unserer Vorstellung auf ihr Fahrrad legte und losstrampelte, sah ich, wie der Bürgermeister aufsprang und begeistert in die Hände klatschte.

Als wir die Manege verließen, strahlte Carlos Barone von einem Ohrläppchen zum anderen und hob anerkennend den Daumen. Das lag sicher nicht nur daran, dass Amanda diesmal nicht überzogen hatte.

Entsprechend gut gelaunt fuhren wir nach der Vorstellung nach Hause.

Opa Schraube und seine Freunde saßen in Amandas Küche und spielten Karten. Als Opa Schraube uns sah, sprang er auf. Dabei wirbelte er alle Karten durcheinander.

»Und? Hat es funktioniert?«, fragte er, ohne sich um die Proteste seiner Freunde zu kümmern.

»Zaubergalaktisch!«, strahlte Amanda. »Sister X hatte ihre Freude und auch die Zuschauer waren begeistert.«

Opa Schraube drehte sich wieder zu seinen Freunden um. »Seht ihr? Es hat funktioniert! Wenn ich nicht auf die Idee gekommen wäre den Lenker anzuschweißen, hätte es nie geklappt!«

»Jaa!«, stöhnte Willi. »Wie oft willst du uns das eigentlich noch erzählen?«

»Ihr seid ja nur neidisch«, brummte Opa Schraube und setzte sich wieder auf seinen Stuhl.

Gleichzeitig stand Walter auf. »Bitte sehr, Gnädigste«, sagte er zu Amanda und bot ihr seinen Stuhl an.

»Sieh an, sieh an! Unser Kavalier!«, grinste Günter.

»Tja, alte Schule! Ich weiß eben, was sich Damen gegenüber gehört«, erwiderte Walter. »Im Gegensatz zu anderen hier im Raum.«

»Haben Sie noch etwas wegen der angesägten Schraube herausgefunden?«, fragte Günter.

»Nein, leider nicht. Dazu ist auch viel zu viel passiert«, antwortete Amanda.

»Ein angeschnittener Sattelgurt! Das ist böse, wirklich böse«, sagte Günter, als wir ihnen von Dragos Unfall erzählt hatten. »Der Junge hätte sich den Hals brechen können. Wäre nicht das erste Mal. Ich kann das beurteilen. Ich war schließlich mal Jockey.«

»Ach tatsächlich?«, meinte Opa Schraube. »Das habe ich noch gar nicht gewusst.«

»Sei du mal ganz still!«, fuhr Günter ihn an. »Ich sage nur: Fahrradlenker!«

»Hören Sie mit der Streiterei auf«, ging Amanda dazwischen. »Dazu ist die Sache viel zu ernst. Aber wenn ich schon die Experten am Tisch sitzen habe, können Sie mir vielleicht bei einer Frage helfen, die mich schon seit Dragos Sturz beschäftigt.«

»Aber sicher, Gnädigste«, sagte Walter. »Fragen Sie nur.«

»Wie konnte der Saboteur wissen, dass der Gurt während der Vorstellung reißt? Es hätte doch auch vorher oder nachher passieren können. Oder kann man das so genau berechnen?«

Die Experten Walter und Günter sahen sich ratlos an.

»Ich kann mir nicht vorstellen, dass jemand das so genau berechnen kann«, sagte Günter nach einer Weile. »Außer der Reiter selbst vielleicht. Der könnte beim Reiten den Druck auf den Sattel so erhöhen, dass er reißt. Aber das würde ja keinen Sinn machen.«

»Eben«, sagte Walter. »Ich kann mir auch nicht vorstellen, dass man das so genau berechnen kann. Aber ich kenne da einen alten Sattelmacher. Der hat früher auf der Rennbahn gearbeitet. Er hat sich zwar schon lange zur Ruhe gesetzt, aber wenn einer es weiß, dann er.«

Amanda lächelte Walter an. »Würden Sie ihn für mich fragen?«

Walter lächelte zurück. »Aber selbstverständlich, Gnädigste.«

»Danke. Von einem Kavalier alter Schule hatte ich auch nichts anderes erwartet«, sagte sie unter dem Gelächter von Opa Schraube, Willi und Günter.

»Wer sagt denn Lulu, dass ihr Unfall gar kein Unfall war?«, fragte ich Amanda.

»Das machen wir gleich morgen früh. Ich möchte nicht, dass uns die Polizei zuvorkommt.«

Im Krankenhaus erwartete uns am nächsten Morgen eine Überraschung: Lulu war ausgerissen.

»Haben Sie vielleicht eine Idee, wohin sie gegangen sein könnte?«, fragte die aufgeregte Krankenschwester. »Wir haben ihr gesagt, sie könne schon ein wenig herumlaufen. Das muss sie wohl falsch verstanden haben.«

»Wir haben leider auch keine Ahnung, wo sich Frau Lumpi herumtreiben könnte«, log Amanda. »Aber wir werden sie suchen. Und wenn wir sie gefunden haben, schicken wir sie gleich wieder zurück.«

»Das wäre sehr nett«, freute sich die Krankenschwester.

»Du kannst ja lügen, ohne rot zu werden«, sagte Blümchen zu Amanda. »Ist doch klar, dass sie bei Eleonore und ihren kleinen Lieblingen ist.«

Amanda sagte nichts, sondern startete Bubi, um zu Eleonore zu fahren.

»Oh, Miss Amanda und die young ladies! How nice, Sie zu sehen!«, begrüßte uns Charles, der Butler von Eleonore, an der Tür.

Er heißt eigentlich Karl und träumt davon, genauso vornehm wie ein echter englischer Butler zu sein. Darum redet er auch englisch. Das heißt, er versucht es. Leider klappte es nicht so richtig. Auch wenn Blümchen und ich ihn schon öfters gesehen haben, müssen wir uns immer wieder das Lachen verkneifen.

Nur Amanda ließ sich, wie immer, nichts anmerken. »Danke der Nachfrage, Charles. Und wie geht es Ihnen? Sind Sie mit den Hunden von Lulu gut zurecht gekommen?«

»Oh, die dogs von Miss Lumpi! Die sind wirklich very süß. Manchmal very wild, aber auch very süß! Leider ist die gnädige Mylady etwas anderer Meinung.«

»Mag Eleonore die Hunde nicht?«

»Das soll sie Ihnen better selbst sagen. Please! Come herein!«

Während uns Charles durch die riesige Eingangshalle führte, hörten wir schon lautes Kläffen aus der Bibliothek.

»Ein Tässchen tea für Miss Amanda und applesaft für

die young ladies?«, fragte Charles, bevor er die Tür zur Bibliothek öffnete.

Als wir nickten, zog er schnell die große Tür auf und schloss sie hinter uns gleich wieder.

Wir waren schon öfters in Eleonores Bibliothek gewesen, aber so hatten wir sie noch nie gesehen. Überall lagen Fressnäpfe, Kauknochen und anderes Hundespielzeug herum. Einer der Vorhänge lag in Fetzen am Boden und beim Eintreten wären wir fast über einen angekauten Schuh gestolpert.

Vier weiße und ein schwarzer Hund sprangen um uns herum und kläfften, was die Hundekehlen hergaben. Und mitten in diesem Chaos stand Lulu mit einem Gipsbein und sah ihren Lieblingen verzückt zu.

Es dauerte eine Weile, bis wir Eleonore entdeckten. Sie saß in der hintersten Ecke der Bibliothek in einem Sessel zusammengekauert und war weiß wie ein Stück Kreide.

»Amanda!«, hauchte sie, als wir bei ihr waren. »Wie lange müssen diese Tiere noch hier bleiben?«

»Sie sind wohl sehr anstrengend«, meinte Amanda.

»Anstrengend?«, rief Eleonore. »Sieh dir an, was sie aus meiner Bibliothek gemacht haben! Lange halte ich das nicht mehr aus.«

»Ein paar Tage wird es wohl noch dauern, meine Liebe. Lulu ist nämlich aus dem Krankenhaus ausgerissen.«

Eleonore nickte traurig. »Ja, das hat sie mir schon erzählt.«

Erst jetzt schien Lulu uns zu bemerken. »Amanda!

Ricki! Blümchen! So ein Zufall, dass ihr auch hier seid! Seht doch, wie sich meine kleinen Lieblinge freuen!«

»Ja, Lulu!«, rief Amanda und versuchte das Hundekläffen zu übertönen. »Das sehen wir! Aber es ist kein Zufall, dass wir hier sind. Wir wollten mit Ihnen reden!«

»Gern!«, rief Lulu zurück. »Was gibt es denn?«

»Liebe Lulu!«, rief Amanda schon ein wenig verzweifelt. »Es ist sehr anstrengend, immer zu schreien! Könnten Ihre Lieblinge vielleicht ein wenig leiser sein?«

»Ach, Entschuldigung! Daran habe ich bei der Wiedersehensfreude gar nicht gedacht!«

»Das wäre wirklich sehr nett«, sagte auch Eleonore.

Lulu breitete die Arme aus. »Kusch und Platz!«

Im gleichen Augenblick verstummte das Kläffen und alle fünf Hunde legten sich nebeneinander auf den Boden, wedelten mit ihren kleinen Schwänzchen und sahen ihr Frauchen treu an.

»Warum machen sie das bei mir nicht?«, flüsterte Eleonore mit weinerlicher Stimme.

Auch Charles bekam vor Staunen den Mund nicht mehr zu, als er uns den tea und den applesaft brachte.

»Also, was kann ich für euch tun?«, fragte Lulu, nachdem wir einen Augenblick die Stille genossen hatten.

Ich glaubte meinen Ohren nicht zu trauen, als Amanda antwortete: »Wir sind wegen Beppino hier.«

»Was ist mit Beppino?«, fragte Lulu besorgt. »Ihm ist doch nichts passiert?«

»Nein, nein, keine Angst. Uns ist nur aufgefallen, dass Sie – na ja – nicht nur Kollegen zu sein scheinen.«

Lulu sah auf den Boden und wurde tatsächlich ein wenig rot. »Ja, das stimmt. Er ist wohl in mich verliebt.«

»Nur er? Sie nicht?«, platzte es aus mir heraus. Ich handelte mir dafür auch gleich einen strengen Blick von Eleonore ein.

»Ach, ich mag ihn wirklich sehr. Er hat mir sogar einen Heiratsantrag gemacht. Doch ich habe abgelehnt.«

»Warum denn das?«, fragte Blümchen.

Nun hatten wir Gleichstand, was Eleonores Blicke betraf.

»Für mich ist er ein guter Freund. Vielleicht könnte ja auch mehr daraus werden. Aber ehrlich gesagt habe ich keine Lust mit dem alten Brummbär, der auch noch überall seine Socken und seine Unterhosen herumliegen lässt, in einem Wagen zu leben.«

»Könnte er vielleicht Ihre Treppe beschädigt haben?«, fragte Amanda. »Aus verschmähter Liebe?«

»Amanda!«, rief Lulu. »Das würde ich noch nicht einmal denken! Beppino ist ein alter Brummbär. Aber er ist der ehrlichste und gutmütigste Mensch, den ich kenne! Außerdem ist es noch längst nicht bewiesen, dass jemand meine Treppe beschädigt hat.«

Amanda seufzte. »Leider doch, liebe Lulu.«

Je mehr Lulu erfuhr, desto blasser wurde sie. Als Amanda mit ihrem Bericht fertig war, hatten Lulu und Eleonore die gleiche Gesichtsfarbe.

»Drago Rapp! Meine Güte! Ich bin so froh, dass ihm nichts passiert ist.«

»Haben Sie denn einen Verdacht, wer Ihre Treppe und Dragos Sattelgurt beschädigt haben könnte?«, fragte Amanda.

Lulu sah Amanda lange an, bevor sie antwortete. »Auch wenn ich nicht gern einen Kollegen verdächtige, fällt mir nur Siegfried Roy ein. Er ist der Einzige, der ein Motiv hat.«

»Ein Motiv?«, fragte Amanda. »Bei Ihnen vielleicht, denn schließlich haben Sie gedroht, Sie würden zum Direktor gehen und dafür sorgen, dass er entlassen wird. Aber Drago hatte doch, soviel ich weiß, keinen Streit mit Siegfried.«

»Nein, das nicht. Aber Drago war immer für das Winterquartier. Das hat er jedem gesagt. Bestimmt auch Siegfried.«

»Aber die anderen Artisten waren doch auch dafür«, entgegnete Amanda.

Lulu hob die Arme und ließ sie wieder fallen. »Ja, das stimmt. Ich kann mir auch keinen Reim darauf machen.«

»Haben Sie Siegfried nicht aus dem Rathaus kommen sehen?«, fragte Amanda weiter.

»Ja, an dem Tag, als ich abends den Streit mit ihm hatte und dann meinen – Unfall.«

»Hat er Ihnen gesagt, was er dort wollte?«

Lulu lachte auf. »Der und was sagen! Man kann froh sein, wenn er pro Monat einen Satz von sich gibt.«

Amanda nickte nachdenklich. »Dann müssen wir eben herausbekommen, was er im Rathaus wollte. Und zwar jetzt gleich!«

Lulu sah auf die Uhr. »Gut, ich muss ohnehin wieder ins Krankenhaus zurück. Nun habe ich ja meine kleinen Lieblinge gesehen. Ich hatte solche Sehnsucht nach ihnen.«

»Wann werden Sie denn aus dem Krankenhaus entlassen?«, fragte Eleonore vorsichtig.

»Die Ärzte sagen, bald.«

»Das würde mich sehr freuen – für Sie. Charles wird Sie zum Krankenhaus fahren.«

»Vielen Dank!«, freute sich Lulu. »Dann muss ich kein Taxi nehmen wie bei der Hinfahrt. Könnte er vielleicht beim Zirkus vorbeifahren? Ich möchte nur kurz die Manegenluft schnuppern!«

Eleonore nickte huldvoll. »Das wird Charles sicher gern tun.«

»Ach, und Sie dürfen jetzt wieder mit meinen kleinen Lieblingen spielen«, rief Lulu. »Sie Glückliche!«

Eleonore verzog den Mund zu einem schiefen Lächeln. »Ja, das wird sicher sehr – interessant.«

✶ 10 ✶

Wie ich schon befürchtet hatte, bestand Amanda darauf, Sister X mit ins Rathaus zu nehmen.

Es gab zwar eine Pförtnerloge, aber die war zum Glück nicht besetzt. So begann der Ärger erst, als wir im Vorzimmer des Bürgermeisters standen. Hinter einem alten Schreibtisch, umrahmt von vielen Topfblumen, saß eine ältere Dame mit grauen Haaren, einem grauen Kostüm und einem grauen Gesicht und sah uns streng an.

»Sie wünschen?«

Amanda lächelte sie an. »Guten Tag. Wir sind vom Zirkus. Mein Name ist Amanda X, das sind meine Assistentinnen und mein Schaf Sister X. Wir möchten gern zum Bürger– «

»Haben Sie einen Termin?«, fragte die graue Frau streng.

»Äh – nein, aber ... «

»Dann kommen Sie auch nicht herein. Lassen Sie sich einen Termin geben.«

»Bei wem bekomme ich den denn?«

»Bei mir.«

»Fein! Dann geben Sie uns doch einen Termin für jetzt gleich.«

»Das geht nicht. Der nächste freie Termin ist erst in drei Wochen.«

»Warum?«

»Der Herr Bürgermeister hat sehr viele Termine.«

»Jetzt auch?«, fragte Amanda. »Ist er gar nicht da?«

»Doch.«

»Ist jemand bei ihm?«

»Nein.«

»Telefoniert er?«

»Nein.«

»Was macht er denn dann?«

»Weiß ich nicht. Das geht mich auch nichts an.«

»Na, dann hat er ja vielleicht doch Zeit für uns!«, rief Amanda.

»Nein! Kein Termin, kein Bürgermeister.«

Amanda holte tief Luft. »Hören Sie! Sehen Sie dieses Schaf hier? Das ist ein ganz besonderes Schaf. Es ist sogar außerirdisch. Der Bürgermeister würde sicherlich gern ...«

»Hat das Schaf einen Termin?«

»Nein, zum Kuckuck! Aber wir müssen unbedingt zum Bürgermeister!«

Die graue Frau saß zwischen ihren Topfblumen und sah Amanda wie ein Drache an, der einen Goldschatz vor bösen Räubern schützen muss.

»Jeder – und wenn ich sage jeder, dann meine ich auch jeder, *muss* einen Termin haben, um zum Bürgermeister zu kommen. Ganz gleich, ob es ein Mensch, ein Schaf oder ein Außerirdischer ist. Jeder!«

Es war das erste Mal, seit ich sie kannte, dass Amanda kurz davor war zu verzweifeln. Wir waren mit Sister X bisher überall hineingekommen: ins Polizeipräsidium, zu Rechtsanwälten und zu reichen Fabrikanten, aber an der grauen Topfblumenfrau schien sie sich die Zähne auszubeißen. Ich sah, wie Amanda nach Worten suchte, um sie vielleicht doch noch zu überzeugen. Doch plötzlich öffnete sich die Tür vom Büro des Bürgermeisters und Klemens Schwatz kam heraus.

Als er uns sah, strahlte er über das ganze Gesicht. »Frau Amanda X und ihre Assistentinnen! Und Ihr wundervolles Schaf haben Sie auch mitgebracht! Schön, dass Sie mich besuchen. Kommen Sie doch herein!«

»Aber wir haben keinen Termin«, sagte Amanda kleinlaut mit einem Seitenblick auf den grauen Drachen.

Die Topfblumendame lächelte Amanda freundlich an. »Warum haben Sie nicht gesagt, dass Sie den Bürgermeister kennen? Das ist etwas anderes.«

Im Büro des Bürgermeisters ließ Amanda sich stöhnend auf einen der Besucherstühle fallen. »Haben Sie vielleicht ein Mandellikörchen für mich? Das könnte ich jetzt gut gebrauchen.«

Der Bürgermeister lächelte verschmitzt, ging zu einem Schrank und öffnete ihn. Er war voller Flaschen und Gläser. »Ich glaube, da kann ich Ihnen helfen.«

Nach dem zweiten Glas Mandellikör ging es Amanda sichtlich besser.

»Ich muss Ihnen sagen, dass mir Ihr Auftritt wirklich sehr gut gefallen hat«, sagte der Bürgermeister und tätschelte den Hals von Sister X. »Was gibt mir denn die Ehre Ihres Besuches?«

»Wir haben gehört, Sie wollen in der Stadt einen Winterbau für den Circus Barone errichten«, antwortete Amanda.

»Ja, das ist richtig. Ich bin wirklich stolz darauf, dass ich dieses Projekt beim Stadtrat durchbekommen habe. Das war nicht sehr einfach. Eigentlich sollte auf dem Grundstück nämlich ein Einkaufszentrum errichtet werden. Es hat mich viel Mühe gekostet, die Mitglieder des Stadtrates davon zu überzeugen, dass das Winterquartier besser für die Stadt ist als das Einkaufszentrum.«

»Warum war Ihnen der Winterbau denn so wichtig?«, fragte Amanda.

Der Bürgermeister rückte ein Stück näher. »Ich bin ein begeisterter Zirkusbesucher. Das war ich schon als Kind. Und wenn wir einen Zirkus fest in der Stadt haben, dann kann ich dorthin gehen, sooft ich will – auch im Winter. Eigentlich wäre ich selbst gern Zirkusdirektor geworden. Aber das hat leider nicht geklappt. Dafür bin ich jetzt Bürgermeister. Das ist ja so ähnlich!«, kicherte er.

»Und warum wollen Sie gerade für den Circus Barone diesen Winterbau errichten?«, fragte Amanda weiter.

»Auch das ist ganz einfach. Erstens ist der Circus Barone sehr gut und zweitens habe ich durch Heinz Lammerbrink einen guten Kontakt zu Direktor Barone bekommen.«

»Heinz Lammerbrink?«, fragte ich. »Wer ist das denn?«

»Ach, das könnt ihr ja nicht wissen! Ich meine natürlich Drago Rapp. Heinz Lammerbrink ist sein richtiger Name. Aber für den Zirkus musste er sich natürlich einen Künstlernamen zulegen wie die meisten Artisten. Drago ist hier aufgewachsen, müssen Sie wissen.«

Amanda nickte. »Ja, das hat er uns erzählt. Sein Bruder lebt auch noch hier, nicht wahr?«

»Ja, das ist richtig. Er ist Unternehmer. Die Stadt hat auch mit ihm schon ein paarmal zusammengearbeitet. In letzter Zeit gab es allerdings einige Unstimmigkeiten. – Aber das interessiert Sie sicher nicht.«

»Und Siegfried Roy?«, fragte Amanda. »Kennen Sie den auch?«

Der Bürgermeister nickte und lächelte. »Ja, der war auch bei mir. Er hat sich, so wie Sie, nach dem Winterbau erkundigt. Er wollte alles ganz genau wissen. Vor allem hat ihn das Heizsystem der Ställe und der Manege interessiert. Er macht sich wohl Sorgen um seine Tiere.«

»Hat er denn versucht Sie von dem Plan abzubringen?«, fragte Amanda weiter.

Der Bürgermeister sah sie erstaunt an. »Nein, überhaupt nicht. Er meinte sogar, dass ein solcher Winterbau dem Zirkus helfen könnte. Nur macht er sich eben Sorgen um seine Tiere.«

Amanda stand auf. »Vielen Dank für Ihre Gastfreundschaft, Herr Bürgermeister. Der Mandellikör war wirklich vorzüglich.«

»Keine Ursache. Es hat mich sehr gefreut, dass Sie hier waren. Machen Sie weiter so. Dann werden Sie bestimmt eine weltberühmte Artistin.«

»Wir werden sehen«, schmunzelte Amanda. »Ich wünsche Ihnen viel Glück bei dem Winterbau.«

»Danke. Das können wir gebrauchen. Ich hoffe nur, dass nicht noch mehr Zwischenfälle im Zirkus geschehen. Dann könnte ich Ärger mit dem Stadtrat bekommen und die ganze Sache würde vielleicht doch noch scheitern.«

Amanda war schon an der Tür, da blieb sie plötzlich stehen. »Gibt es vielleicht noch einen anderen Ausgang? Ich meine einen, bei dem wir nicht an *ihr* vorbeimüssen?«

Klemens Schwatz sah auf seine Uhr und lächelte wieder verschmitzt. »Sie haben Glück. Sie ist in der Pause. Die Luft ist also rein.«

»Der war ja wirklich nett«, meinte Blümchen, als wir die Rathaustreppe hinabstiegen.

Amanda nickte. »Im Gegensatz zu seiner Sekretärin.«

»Und es hat sich jetzt auch gar nicht mehr so angehört, als ob Siegfried Roy den Winterbau mit allen Mitteln verhindern will«, sagte ich.

»Daran habe ich sowieso nie so recht glauben können. Wenn er nicht im Winter auftreten will, dann könnte er den Zirkus doch einfach verlassen. Er würde bestimmt schnell woanders ein gutes Engagement bekommen. Dazu brauchte er nicht Anschläge auf seine Kollegen zu verüben. Dahinter muss noch etwas anderes stecken. Und ich habe das Gefühl, wir sind ganz nah dran. Ich hoffe nur, dass nicht noch mehr passiert.«

Dass Amanda leider nicht Recht hatte, sahen wir schon, als wir uns dem Zirkus näherten. Vor dem Eingang standen mehrere Polizeiwagen. Einer hatte sogar sein Blaulicht eingeschaltet. Überall standen die Zirkusleute in Grüppchen herum und diskutierten heftig.

Ausgerechnet Kommissar Pauer war der Erste, der uns über den Weg lief.

»Was ist denn hier …«

Amanda sprach nicht weiter, denn hinter Pauer erschienen zwei uniformierte Polizisten. Sie hatten Siegfried Roy in die Mitte genommen, führten ihn zu einem der Polizeiwagen und setzten ihn hinein.

»Tja, der Fall ist wohl geklärt«, meinte Kommissar Pauer zu Carlos Barone und setzte sich neben Siegfried Roy in das Auto.

»Was hat er damit gemeint?«, fragte Amanda den Direktor, als die Polizisten mit quietschenden Reifen davonfuhren.

Carlos Barone hob die Arme. »Es ist so schrecklich. Es ist alles so furchtbar schrecklich!«

»Sie haben Siegfried verhaftet«, sagte Drago Rapp, der sich zu uns gestellt hatte.

»Ja, das haben wir gesehen. Aber warum?«

»Heute Morgen fand ein Tierpfleger einen von Siegfrieds Tigern bewusstlos in seinem Käfig.«

»Wir haben natürlich sofort den Tierarzt kommen lassen«, erzählte der Direktor weiter. »Und dann hat ausgerechnet Siegfried darauf bestanden, auch die Polizei einzuschalten.«

»Und was war mit dem Tiger?«, fragte ich.

»Der Tierarzt hat festgestellt, dass er eine Betäubungsspritze bekommen hat. Zum Glück nichts Ernstes. Dem Tier geht es auch schon wieder gut«, sagte Drago.

»Aber dann hat die Polizei alle Zirkuswagen durchsucht! Alle! Stellen Sie sich das vor!«, rief Carlos und wedelte dabei aufgeregt mit den Armen herum. »Und was glauben Sie, wo die Betäubungsspritze gefunden wurde?«

»Bei Siegfried Roy«, antwortete Amanda.

Carlos Barone sah sie mit großen Augen an. »Ja, woher wissen Sie das?«

»Sonst wäre er wohl nicht verhaftet worden.«

»Ach ja, richtig. Nun glaubt die Polizei natürlich, Siegfried habe dem Tier die Spritze selbst gegeben, um wegen Dragos Unfall nicht länger verdächtigt zu werden.«

»Und wegen Lulus Unfall«, sagte Amanda beiläufig. Doch mir fiel auf, dass sie Drago und Carlos Barone dabei genau beobachtete.

»Lulus Unfall?«, fragte der Direktor ungläubig. »Was hat der damit zu tun?«

»An ihrer Treppe hat sich auch jemand zu schaffen gemacht, genau wie an Drago Rapps Sattelgurt.«

»Woher wollen Sie das wissen?«, fragte Drago.

»Wir haben Beweise«, antwortete Amanda. »Aber das ist Sache der Polizei.«

»Ja, sicher«, sagte Drago nur.

»Können Sie sich denn vorstellen, dass Siegfried Roy hinter all dem steckt?«, fragte Amanda die beiden.

»Ich weiß überhaupt nicht mehr, was ich glauben soll!«, rief der Direktor. »Wenn das so weitergeht, bekommen wir unseren Winterbau nie!«

»Und genau das ist es ja, was Siegfried will«, meinte Drago. »Schließlich erzählt er jedem, dass er dagegen ist, wenn er überhaupt etwas sagt. Er war deshalb sogar im Rathaus!«

»Aber da hat er nichts gegen den Winterbau gesagt!«, rutschte es mir heraus.

Amanda gab mir einen Stoß. Sie wollte wohl nicht, dass ich von unserem Besuch im Rathaus erzählte. Zum Glück gingen Drago und Carlos nicht darauf ein.

»Es ist sowieso bald alles egal!«, jammerte der Direktor. »Wenn in der Vorstellung keine Raubtiere mehr auftreten, dann verlangen die Leute bestimmt ihr Geld zurück. Dann gibt es einen Skandal und wir können den Winterbau vergessen!«

Zum Glück wurde es nicht so schlimm, wie der Direktor befürchtet hatte. Die Zuschauer der Nachmittagsvorstellung schienen jedenfalls sehr zufrieden zu sein. Zumindest beschwerte sich niemand.

Doch Carlos Barone war immer noch nicht beruhigt.

»In der Nachmittagsvorstellung sitzen viele Kinder. Die sind nicht so anspruchsvoll«, meinte er.

Das war natürlich ein Grund für Blümchen und mich uns aufzuregen. Bis zur Abendveranstaltung hatte Blümchen sich immer noch nicht beruhigt.

»Kinder sind nicht so anspruchsvoll!«, schimpfte sie, während wir im Vorraum zur Manege auf unseren Auftritt warteten. »Was glaubt der eigentlich?«

»Das war eine ziemlich dumme Bemerkung«, meinte auch Amanda. »Kinder sind nämlich das anspruchsvollste Publikum, das es gibt.«

Blümchen sah mit grimmigem Gesicht zu Carlos Barone hinüber, der wie wir und die Rapps darauf wartete, dass sich nach der Pause die Ränge wieder füllten. Da Siegfried Roy ausfiel, waren die Pferde von Drago und Nele Rapp die erste Attraktion nach der Pause. So wie wir alle, hatten auch sie ihren Auftritt ein wenig verlängert, damit der Ausfall von Siegfried nicht so auffiel.

»Bereiten sich die Damen auf ihren Auftritt vor?«, sagte plötzlich jemand neben uns.

»Herr Bürgermeister!«, rief Carlos Barone und kam auf uns zugewatschelt. »Was machen Sie denn hier? Wollen Sie sich die Vorstellung ansehen?«

»Leider nicht, lieber Herr Barone«, seufzte Klemens Schwatz. »Der Grund für mein Kommen ist leider viel unangenehmer.«

»Was gibt es denn?«, fragte der Direktor und schluckte.

»Es geht um den Vorfall von heute Morgen. Der

Stadtrat hat natürlich erfahren, dass einer Ihrer Leute in Untersuchungshaft sitzt.«

»Und?«

»Wie Sie sich denken können, gab es heftige Diskussionen, ob es richtig ist, ein Winterquartier für Ihren Zirkus in unserer Stadt zu errichten.«

»Der Stadtrat hat den Winterbau doch wohl nicht abgelehnt?«, rief Drago Rapp.

»Das konnte ich zum Glück verhindern. Aber Sie können mir glauben, das war nicht leicht. Ich bin nur gekommen, um Sie zu warnen. Wenn noch einmal auch nur das Geringste passiert, kann ich für nichts mehr garantieren. Und sorgen Sie dafür, dass die Galavorstellung ohne Probleme über die Bühne geht. Das wird die Mitglieder des Stadtrats wieder beruhigen.«

»Ja, Herr Bürgermeister«, sagte Carlos Barone und verbeugte sich tief. »Dafür werde ich sorgen. Und vielen Dank, dass Sie gekommen sind, um mich zu warnen.«

»Welche Galavorstellung meinte er denn?«, fragte Amanda, als der Bürgermeister gegangen war.

»Ich habe für die morgige Abendveranstaltung die Mitglieder des Stadtrats und andere wichtige Persönlichkeiten der Stadt eingeladen«, antwortete Carlos. »Ich möchte den Zirkus von seiner besten Seite präsentieren. Und jetzt fehlt ausgerechnet Siegfried! Es darf nichts schief gehen. Es *darf* einfach nicht!«

* 11 *

Nach der Vorstellung hatte ich eine ausgesprochen zufrieden dreinschauende Freundin. Von den »anspruchsvollen« Erwachsenen der Abendvorstellung hatte sich nämlich auch niemand beschwert. Alle waren zufrieden nach Hause gegangen.

»Na also, es geht doch auch ohne Raubtiere«, meinte Amanda, als wir auf dem Weg zu Bubi waren. »Ich frage mich, warum sich alle so aufregen?«

»Seht mal! Da kommt Beppino!«, rief Blümchen plötzlich. »Was macht der denn für ein Gesicht?«

Blümchen hatte Recht. Beppino sah überhaupt nicht mehr so mürrisch und grantig wie sonst aus. Es hatte eher den Anschein, als hätte er Angst. Immer wieder sah er sich um, während er auf uns zukam.

Amanda hatte es wohl auch gleich bemerkt. »Beppino, was haben Sie denn?«

Wieder sah sich Beppino um. »Ich muss dringend mit Ihnen sprechen. Sofort! Es ist sehr wichtig!«

»Sicher können Sie mit uns reden«, sagte Amanda. »Was gibt es denn?«

»Nicht hier! Lassen Sie uns in meinen Wagen gehen.«

Beppinos Wagen sah fast so aus wie der von Lulu, nur viel unaufgeräumter. Hastig klaubte Beppino einige Kleidungsstücke vom Boden auf. Das meiste davon waren tatsächlich Socken und Unterhosen.

In einer Ecke saß Chico auf einer Stange und beäugte uns neugierig.

Ich sah Blümchen an, dass sie am liebsten zu ihm gegangen wäre, aber sie konnte sich wohl noch gut an Beppinos Drohung erinnern.

»Nun haben Sie uns aber wirklich neugierig gemacht«, begann Amanda, als wir um den kleinen Tisch im Wohnbereich des Wagens saßen.

Beppino kratzte sich an seinem unrasierten Kinn herum. »Es geht um Lulu«, sagte er schließlich. »Ich habe sie heute Morgen auf dem Zirkusgelände gesehen.«

»Und?«

»Na ja«, sagte Beppino gedehnt. »Kurz darauf ist doch die Sache mit Siegfrieds Tiger passiert.«

»Sie glauben doch wohl nicht, dass Lulu etwas damit zu tun hat?«, platzte es wieder einmal aus mir heraus.

Ich wunderte mich, dass Beppino mich nicht wütend, sondern eher verlegen ansah. »Ich weiß nicht«, sagte er. »Aber es ist schon seltsam. Warum war sie hier und ist nicht zu mir gekommen? Sie hatte doch diesen furchtbaren Streit mit Siegfried.«

»Und jetzt denken Sie, Lulu hätte sich gerächt?«, fragte Amanda. »Aber Siegfried ist doch festgenommen worden, weil er dem Tiger selbst die Betäubungsspritze gegeben hat.«

Beppino lachte laut auf. »Glauben Sie diesen Quatsch etwa? Siegfried soll seinem eigenen Tier Schaden zugefügt haben?«

»Das sagt jedenfalls die Polizei.«

Beppino kam ein Stück näher. »Daran sieht man, dass Sie keine Ahnung haben, wie wir Leute vom Zirkus wirklich sind. Für uns sind diese Tiere nicht einfach nur Tiere. Sie gehören zur Familie, verstehen Sie? Niemals würden wir ihnen Schaden zufügen. Niemals! Ich würde mir eher die Hand abhacken, als Chico auch nur eine Feder zu krümmen!«

»Lieber Beppino!«, krächzte Chico auf seiner Stange.

»Aber Lulu trauen Sie es zu?«, fragte Amanda.

Beppino schüttelte den Kopf. »Eigentlich nicht. Aber ich wusste nicht, was ich davon halten sollte. Darum wollte ich gern Ihre Meinung hören. Lulu mag Sie nämlich sehr – und ich bin Ihnen auch sehr dankbar, dass Sie ihr geholfen haben.«

Von dem schlecht gelaunten, bärbeißigen Beppino war nichts mehr übrig geblieben. Vor uns saß nur noch ein lieber alter Brummbär, den ich am liebsten geknuddelt hätte.

»Wissen Sie, was ich glaube?«, fragte Amanda ihn. »Sie sind beleidigt, weil Lulu im Zirkus war und nicht zu Ihnen gekommen ist. Schließlich ist sie doch für Sie mehr als nur eine Kollegin.«

»Woher wissen Sie das?«, rief Beppino. »Hat Ihnen dieses Frauenzimmer etwa erzählt ... «

»Nun beruhigen Sie sich«, unterbrach Amanda ihn.

»Lulu hat bestimmt nichts damit zu tun. Für sie würde ich meine Hand ins Feuer legen. Außerdem war sie bei Dragos Unfall im Krankenhaus.«

Beppino sah auf den Boden und nickte. »Ja, Sie haben Recht. Das war wohl ziemlich dumm von mir.«

»Wenn es wirklich so ist, wie Sie sagen«, fuhr Amanda fort, »wenn wirklich kein Zirkusartist es über das Herz bringen würde, einem Tier zu schaden, dann kommt doch nur jemand von außerhalb des Zirkus für die Anschläge in Frage.«

»Stimmt. Von unseren Leuten traue ich es niemandem zu – bis auf Drago vielleicht.«

»Drago?«, rief Blümchen. »Aber der liebt doch seine Pferde auch!«

Beppino grinste von einem Ohr bis zum anderen. »Drago liebt seine Frau, und die liebt die Pferde.«

»Das verstehe ich nicht«, sagte ich.

»Drago ist ein sehr guter Reiter, wirklich ein sehr guter. Aber er hat kein Herz für die Tiere, verstehst du?«, rief Beppino und schlug sich mit der Faust vor die linke Seite seiner Brust. »Er sieht die Pferde als Material, mit dem er arbeitet, aber nicht als Lebewesen aus Fleisch und Blut und mit einer Seele. Bei Nele ist das anders. Sie liebt die Pferde wirklich.«

Obwohl er ja nur seine Meinung über Drago gesagt hatte, fand ich Beppino plötzlich nicht mehr so knuddelig wie noch ein paar Minuten zuvor.

»Jedenfalls vielen Dank, dass Sie mit mir gesprochen haben«, sagte er und stand auf.

Das hieß wohl, dass wir gehen sollten. Doch Amanda blieb sitzen und sah uns an.

»Ist noch was?«, fragte Beppino.

»Das müssen Sie die Mädchen fragen«, antwortete Amanda.

»Uns?«, riefen wir gleichzeitig.

»Ihr wollt es doch wissen, oder?«, fragte Amanda.

Blümchen und ich sahen uns an. Uns war natürlich beiden klar, was sie meinte. Ich sah, wie Blümchen fast unmerklich nickte.

»Ja«, sagte ich leise.

Amanda nickte mir aufmunternd zu. »Also gut. Wahrscheinlich fällt es euch schwer. Darum frage ich ihn. Warum wollten Sie nicht, dass Lulu Blümchen etwas über ihren Vater erzählt?«, fragte sie Beppino.

Der ließ sich stöhnend auf seinen Stuhl fallen. »Ich habe befürchtet, dass ihr das noch einmal ansprecht. – Aber ihr habt mir geholfen, also helfe ich euch auch. Was wollt ihr wissen?«

»Was damals wirklich passiert ist«, sagte ich.

»Was *wirklich* passiert ist!«, schnaufte Beppino. »Ja, wenn ich das wüsste!«

»Erzählen Sie doch einfach, was Sie wissen«, ermunterte Amanda ihn.

Beppino holte tief Luft. »Das ist nicht viel. Wir waren in irgendeiner Stadt. Wo, weiß ich gar nicht mehr. Da gab es diesen Empfang. Manchmal werden wir zu so etwas eingeladen, wenn wir in einer Stadt zu Gast sind. Mit Bürgermeister, Stadtprominenz und so weiter.«

»Ist die Polizei auch manchmal dabei?«, fragte ich.

»Ja, das kommt vor. Damals war es wohl auch so. Alles war ganz normal. Es wurde geredet, getanzt und auch ein wenig getrunken. Sergej und Gerda waren auch dort. Nur ist Sergej irgendwann verschwunden. Aber auch dabei hat sich noch niemand etwas gedacht. Erst als er am nächsten Tag und auch die Tage darauf nicht mehr erschien, wussten wir, was passiert war.«

»Was war denn passiert?«, fragte Amanda.

Beppino zuckte mit den Schultern. »Er war verschwunden. Die Letzten, die ihn gesehen haben, waren Handwerker, die in der Nacht irgendetwas repariert hatten. Sie haben ihn mit einer Frau gesehen, eng umschlungen wie ein Liebespaar. Allerdings seien sie sehr schnell gelaufen, fast gerannt, als würden sie vor etwas fliehen. Mehr ist dazu nicht zu sagen, auch wenn später …«

»Was war später?«, fragte Amanda, als Beppino nicht weiterredete.

Er winkte ab. »Ach, nichts.«

»Nun haben Sie uns schon so viel erzählt, dann können Sie uns den Rest auch noch erzählen«, ermunterte ihn Amanda.

»Na ja, wie das immer so ist, wenn jemand ohne eine Spur verschwindet. Die Leute machen sich Gedanken darüber. Und Zirkusleute haben sehr viel Phantasie. Also fingen sie irgendwann an zu spinnen, Sergejs Verschwinden habe übernatürliche Gründe. Er sei mit der Frau in einem Nebel verschwunden oder fortgeflogen oder was weiß ich. Natürlich alles nur hirnverbrannter

Quatsch. Gerda hat allerdings sehr darunter gelitten, das arme Mädchen. Seitdem will ich von diesem übersinnlichen Zeug nichts mehr hören!«

Jetzt verstand ich, warum er wütend wurde, wenn er Verona nur sah.

Beppino hob die Hände. »Das ist alles. Mehr weiß ich wirklich nicht.«

Nun stand Amanda auf. »Vielen Dank. Sie haben den Mädchen sehr geholfen – hoffe ich wenigstens.«

Blümchen und ich nickten nur. Dann standen wir auch auf und gingen. Es wurde eine sehr leise Verabschiedung.

Wir waren fast schon wieder bei Bubi, als Blümchen endlich etwas sagte: »Eigentlich war es gar nicht so schlimm.«

»Fand ich auch«, erwiderte ich sofort. »Was er uns gesagt hat, haben wir fast alles gewusst – oder uns so vorgestellt.«

»Und was wollt ihr jetzt machen?«, fragte Amanda uns.

»Du hast doch mal gesagt, es sei manchmal besser, etwas nicht zu wissen. Bist du immer noch der Meinung?«, fragte ich zurück.

Amanda lächelte mich an. »Ihr habt euch doch schon längst entschieden. Ihr wollt die Wahrheit herausfinden. Also versucht es!«

Zuhause fanden wir Opa Schraube unter Amandas Küchentisch. Papa und Gerda standen mit verschränkten Armen daneben und sahen ihm schmunzelnd zu.

»Opa!«, rief Blümchen. »Was machst du denn da?«

»Was schon? Ich versuche dieses blöde Vieh zu wecken, um ihm was zu fressen zu geben!«

Da wir auch ein leises Schnarchen hörten, konnte es sich nur um Penelope handeln.

»Du musst gleichzeitig sein linkes Ohr kraulen und seine rechte Pfote streicheln. Dann wird er wach.«

»Das fehlte noch!«, schimpfte Opa Schraube unter dem Küchentisch. »Wenn er fressen will, soll er gefäl-

ligst aufwachen. Demnächst verlangt noch einer, ich soll ihm etwas vorsingen!«

»Das würde der Arme nicht überleben«, meinte Amanda. »Außerdem haben wir heute gelernt, dass Tiere eine Seele haben.«

»Ha! Ha! Sehr komisch! Dann kommen Sie doch her und versuchen ihn zu wecken!«

»Das machen wir schon!«, rief ich schnell. Ich wollte nicht riskieren, dass Opa Schraube sich einen Hexenschuss zuzog, wenn er weiter unter dem Tisch herumkroch.

»Wenn Sie übrigens gekommen sind, um mir zu erzählen, dass dieser Raubtierdompteur verhaftet wurde, das weiß ich schon«, sagte Opa Schraube, während er sich ächzend erhob.

»Haben Sie ihm das gesagt?«, fragte Amanda Papa.

»Nein, die Jungs«, antwortete Opa Schraube.

»Die Jungs?«

»Günter, Willi und Walter«, klärte Blümchen Amanda auf.

»Ich weiß nicht, woher die ihre Informationen haben«, sagte Papa kopfschüttelnd. »Noch nicht einmal die Zeitung hat Wind davon bekommen. Das haben wir Herrn Barone zugesagt.«

»Tja.« Opa Schraube grinste. »Meine Jungs haben gute Beziehungen. Außerdem haben sie mit dem Sattelmacher gesprochen.«

»Und was hat er gesagt?«, fragte ich.

»Er hat nur das bestätigt, was Günter und Walter

auch schon gesagt haben. Man kann nicht so genau berechnen, wann der Gurt reißt, es sei denn, man ist der Reiter.«

»Also wieder Drago«, sagte Amanda nachdenklich.

»Glaubst du etwa, dass Drago etwas damit zu tun hat?«, rief Blümchen. »Das kann ich einfach nicht glauben!«

»Ich auch nicht!«, pflichtete ich meiner Freundin sofort bei.

»Dass ihr Drago in Schutz nehmt, wundert mich nicht«, sagte Amanda mit unübersehbarem Schmunzeln. »Euch fallen ja jedes Mal die Augen aus dem Kopf, wenn er euch über den Weg läuft.«

»Das stimmt überhaupt nicht!«, rief Blümchen.

Ich wusste gar nicht, dass meine Freundin so gut lügen konnte.

»Ich kann mir aber, ehrlich gesagt, auch keinen Reim darauf machen«, sagte Amanda dann. »Drago hätte zwar die Gelegenheit gehabt und er könnte auch seinen Unfall selbst inszeniert haben, aber warum? Ich sehe kein Motiv dafür! Ich frage mich nur, woher er wusste, dass Siegfried im Rathaus war. Ich kann mir nicht vorstellen, dass er es ihm selbst erzählt hat.«

»Bist du eigentlich wütend auf deine Mutter, weil sie dir nichts von den Gerüchten erzählt hat?«, fragte ich Blümchen, als wir im Bett lagen und suchten, ob sich in den leeren Tüten vielleicht doch noch ein paar Gummibärchen vor uns versteckt hatten.

Blümchen schüttelte den Kopf. »Bestimmt hat sie nichts gesagt, um mich nicht zu beunruhigen. Und außerdem glaubt sie ja auch nicht daran.«

»Und du?«, fragte ich meine Freundin. »Glaubst du daran?«

»Bevor ich Amanda gekannt habe, hätte ich wahrscheinlich nur gelacht. Aber jetzt weiß ich nicht mehr, was ich glauben soll.«

Genau so ging es mir auch.

Als wir am nächsten Morgen in den Zirkus kamen, wären Blümchen, Amanda, ich und wahrscheinlich sogar Sister X vor Schreck beinahe umgefallen.

Mitten in der Manege standen Carlos Barone, die Rapps und – Siegfried Roy!

* 12 *

»Ich freue mich ja so! Ich freue mich ja so!«, hörten wir den Direktor jubeln, als wir näher kamen. »Und Ihnen nochmals danke, lieber Drago. Alles, was ich sagen kann, ist: danke!«

»Ja, ich danke dir auch ganz herzlich«, sagte Siegfried Roy und schlug Drago so fest auf die Schulter, dass der beinahe vornüberkippte.

»Gibt es etwas zu feiern?«, fragte Amanda.

»Stellen Sie sich vor, liebe Frau Amanda!«, rief der Direktor. »Unser Siegfried ist wieder frei! Und das haben wir Drago zu verdanken. Er hat nämlich die Kaution für ihn bezahlt!«

Blümchen und ich warfen uns einen verschwörerischen Blick zu. Na also! Das hätte Drago bestimmt nicht getan, wenn er schuld an den Unfällen wäre.

»Das ist wirklich sehr nett von Ihnen, Drago«, sagte auch Amanda.

Drago wurde ein wenig verlegen. Wie süß!

»Schließlich wollen wir heute Abend doch eine gute Vorstellung abliefern. Und dazu brauchen wir Siegfried«, sagte er dann.

»Ja, ja, die Vorstellung!«, rief der Direktor aufgeregt. »Ich muss noch so viel vorbereiten. Schließlich kommen eine Menge wichtiger Leute! Sie haben Ihrem Bruder Bernhard die Einladung doch überbracht, nicht wahr?«, fragte er dann Drago.

Der wurde noch ein wenig verlegener. »Ja, das habe ich. Er wird auch kommen und bedankt sich.«

»Keine Ursache! Keine Ursache!«, rief Carlos Barone und war schon auf dem Weg nach draußen.

»Dann werde ich auch mal gehen«, meinte Siegfried Roy. »Ich muss nach den Tieren sehen. Und vielen Dank noch mal.«

»Ihr Bruder heißt Bernhard?«, fragte Amanda, als Siegfried gegangen war.

»Ja. Warum fragen Sie?«

»Ach, nur so. Ist er denn auch eine wichtige Persönlichkeit der Stadt? Was macht er denn so?«

»Der Direktor ist der Ansicht, dass er wichtig ist. Aber ich muss jetzt auch gehen. Nele wartet auf mich.«

»Warum hast du ihn denn nach seinem Bruder gefragt?«, wollte ich wissen, als wir schließlich allein in der Manege waren.

»Jetzt glaubst auch du nicht mehr, dass Drago der Täter ist, nicht wahr?«, rief Blümchen, bevor Amanda auf meine Frage antworten konnte.

»Nein, ich glaube nicht mehr daran. Ich bin jetzt überzeugt davon.«

»Warum das denn?«

»Weil ich jetzt dem Motiv ein ganzes Stück näher gekommen bin. Wir haben doch gestern bei Beppino darüber gesprochen, dass jemand außerhalb des Zirkus etwas damit zu tun haben könnte.«

»Meinst du den Bruder von Drago?«, fragte ich.

»Genau den meine ich.«

»Und was soll der davon haben, dass der Zirkus den Winterbau nicht bekommt?«

»Das weiß ich noch nicht. Es ist erst ein Gefühl. Aber bestimmt kommen wir der Sache näher, wenn wir wissen, was dieser Bernhard genau macht. Die Frage hat Drago ja nicht beantwortet. Zu dumm, dass wir heute Nachmittag auftreten müssen, sonst hätten wir uns darum kümmern können.«

»Ruf doch Opa Schraube an«, schlug ich vor. »Er und seine Freunde bekommen bestimmt schnell heraus, was Dragos Bruder macht.«

»Eine gute Idee!«, freute sich Amanda.

»Oder wir sehen im Telefonbuch nach«, sagte Blümchen. »So viele Leute, die Bernhard Lammerbrink heißen, wird es in der Stadt bestimmt nicht geben.«

»Die Idee ist noch besser!«, rief Amanda. »Warum bin ich nicht gleich darauf gekommen?«

»Weil du uns hast!«, grinste Blümchen. »Aber ich glaube erst, dass Drago etwas damit zu tun hat, wenn wir es bewiesen haben.«

»Das ist auch dein gutes Recht. Also lasst uns eine Telefonzelle suchen!«

Als wir aus dem Zelt kamen, wartete die nächste Überraschung auf uns: Lulu und ihre fünf kleinen Hunde. Sie trug zwar immer noch ein Gipsbein, strahlte aber über das ganze Gesicht.

»Lulu!«, rief Amanda. »Sind Sie aus dem Krankenhaus entlassen worden?«

»Ja!«, rief Lulu und strahlte noch ein wenig mehr. »Sie haben mir einen Gehgips verpasst und gesagt, ich könne nach Hause. Wahrscheinlich bin ich ihnen dort so auf den Wecker gefallen, dass sie froh waren mich loszuwerden«, kicherte sie.

»Und die Hunde haben Sie auch gleich abgeholt?«, fragte ich.

»Ja, ich habe mich ins Taxi gesetzt und bin zu der guten Eleonore gefahren, natürlich mit einem dicken Blumenstrauß.«

»Und war sie sehr überrascht?«, fragte Amanda.

»Ja, und wohl auch ein wenig traurig, dass ich die kleinen Lieblinge gleich mitgenommen habe.«

Amanda nickte mitfühlend. »Bestimmt war sie *sehr* traurig.«

Blümchen und ich drehten uns ein wenig zur Seite, damit Lulu nicht mitbekam, dass wir uns das Lachen kaum noch verkneifen konnten. Wahrscheinlich machte Eleonore gerade einen Freudentanz durch ihre Bibliothek und schwor sich nie wieder kleine Hunde bei sich aufzunehmen.

»Können Sie denn auch schon wieder eine Vorstellung geben?«, fragte Amanda.

»Ja! Darum bin ich gleich hergekommen, als Carlos mir gesagt hat, ihr wärt in der Manege. Trotz des Gipsbeins kann ich alles machen. Die meiste Arbeit haben ja sowieso meine kleinen Lieblinge. Nur auf die Treppe darf ich nicht. Aber diesen Teil meiner Nummer streiche ich sowieso und lasse mir etwas anderes einfallen. Carlos sagt, wenn ich will, kann ich gleich wieder die Nachmittagsvorstellung übernehmen.«

»Das ist doch schön!«, rief Amanda. »Warum machen Sie so ein trauriges Gesicht?«

»Weil ich Angst habe, Sie und die Kinder sind enttäuscht.«

Amanda schüttelte energisch den Kopf. »Das sind wir nicht. Wir freuen uns für Sie. Schließlich waren wir doch von Anfang an nur Ersatz für Sie.«

»Da bin ich aber erleichtert. Und nochmals vielen Dank für Ihre Hilfe. Wenn es mir wieder besser geht, lade ich Sie alle zu mir ein und wir feiern ein großes, tolles Fest!«

»Darauf freuen wir uns schon«, sagte Amanda.

»Es stimmt übrigens nicht«, sagte Blümchen, als Lulu mit ihren kleinen Lieblingen im Zirkuszelt verschwunden war. »Ich bin doch enttäuscht.«

»Ich auch!«, rief ich sofort. »Es hat so viel Spaß gemacht, mit dir und Sister X aufzutreten!«

Amanda lächelte uns an. »Das verstehe ich, aber es gibt noch so viel andere aufregende Dinge zu erleben.«

»Was denn?«, fragte Blümchen.

»Na, zum Beispiel den Zirkus vor einer Katastrophe zu retten. Also los, lasst uns sehen, ob wir diesen Bernhard Lammerbrink ausfindig machen können.«

Eine Telefonzelle hatten wir schnell gefunden. Dann wurde es allerdings schwierig. Amanda bestand nämlich darauf, Sister X mit in die Telefonzelle zu nehmen. Wir einigten uns darauf, das Telefonbuch mit nach draußen zu nehmen.

»Da ist er!«, rief Blümchen, als Amanda das Telefonbuch durchblätterte. »Bauunternehmen Bernhard Lammerbrink.«

Amanda klatschte in die Hände. »Ich habe doch gewusst, dass wir auf der richtigen Spur sind!«

»Woher willst du das wissen?«, fragte ich.

»Könnt ihr euch noch daran erinnern, was der Bürgermeister uns erzählt hat? Er hat gesagt, dass dort, wo nun das Winterquartier des Zirkus gebaut werden soll, eigentlich ein Einkaufszentrum vorgesehen war.«

»Und du meinst, dieser Bernhard Lammerbrink könnte etwas mit dem Einkaufszentrum zu tun haben?«

»Es wäre zumindest eine Möglichkeit. Es könnte doch sein, dass er das Einkaufszentrum bauen sollte. Und das Geschäft hat ihm der Circus Barone nun vermasselt.«

»Hat der Bürgermeister nicht sogar gesagt, sie hätten schon mit Dragos Bruder zusammengearbeitet?«, fragte ich.

Amanda nickte. »Genau. Aber es hätte in letzter Zeit Probleme gegeben. Das könnte damit zu tun haben, dass er nun das Einkaufszentrum nicht mehr bauen darf. Wahrscheinlich hat Drago auch von seinem Bruder gewusst, dass Siegfried beim Bürgermeister war.«

»Aber wie willst du das beweisen?«, fragte Blümchen.

»Indem wir diesem Bernhard Lammerbrink einen Besuch abstatten«, sagte Amanda leichthin.

Wieder einmal standen wir mit Amanda und Sister X vor einem Schreibtisch, hinter dem eine Dame saß und uns fragend ansah. Allerdings war der Schreibtisch neuer als der im Rathaus. Es gab auch keine Topfblumen. Dafür war die Dame wesentlich bunter und freundlicher. Allerdings betrachtete auch sie Sister X mit hochgezogenen Augenbrauen.

»Kann ich etwas für Sie tun?«, fragte sie, ohne den Blick von Amandas Schaf zu wenden.

»Das können Sie allerdings«, antwortete Amanda und lächelte die Dame freundlich an. »Ich möchte gern für mich und Sister X ein Eigenheim bauen.«

»Sister wer?«

»Sister X! Das ist mein Schaf. Es ist ein Medium und außerirdisch. Darum trägt es auch eine Sonnenbrille.«

»Aha«, sagte die Dame. Ich sah ihr an, dass sie sich schon überlegte, wem sie später von diesem Besuch erzählen könnte und ob ihr überhaupt jemand diese Geschichte abnehmen würde.

»Eigentlich brauche ich das Eigenheim für mich, und für Sister X einen Stall. Schafe leben nämlich lieber in einem Stall, selbst wenn sie außerirdisch sind. So einen

Stall kann man ja auch ganz gemütlich einrichten. Eine kleine Weide wäre selbstverständlich auch nicht schlecht.«

»Selbstverständlich«, wiederholte die Dame und starrte auf Sister X.

»Also?«, fragte Amanda, als die Dame hinter dem Schreibtisch nichts sagte.

»Wie?«

»Was ist nun mit dem Eigenheim und dem Stall?«

Die Dame schüttelte sich, als wäre sie aus einem Traum erwacht. »Ach so, ja – nein, das geht leider nicht. Wir führen keine Bauvorhaben für Privatpersonen durch.«

»Und was heißt das?«, fragte Amanda.

»Wir bauen keine Eigenheime. Wir haben uns auf große Bauvorhaben spezialisiert, wie Fabriken, Schulen und ...«

»... Einkaufszentren?«, ergänzte Amanda.

»Ja, genau! Es tut mir sehr Leid. Aber wenn Sie wollen, kann ich Ihnen gern Adressen von Bauunternehmen heraussuchen lassen, die Eigenheime bauen.«

Amanda lächelte die Dame an. »Das ist sehr freundlich, aber nicht nötig. Wir kommen schon allein zurecht. Vielen Dank!«

»Gern geschehen. Dann wünsche ich Ihnen und Ihrem – äh, Schaf viel Glück.«

Als wir hinausgingen, sah ich mich noch einmal um. Die Dame hinter dem Schreibtisch war aufgesprungen und rannte in eines der Nachbarbüros. Nun würde sie bald wissen, ob ihr jemand die Geschichte glaubte.

»Jetzt wissen wir aber immer noch nicht, ob Dragos Bruder genau *das* Einkaufszentrum bauen sollte«, sagte ich, als wir wieder auf Bubi saßen.

»Das ist leider richtig«, meinte Amanda. »Obwohl ich an so viele Zufälle nicht glaube.«

»Sollen wir noch mal ins Rathaus fahren und fragen?«, schlug Blümchen vor.

»Nein, das wäre zu auffällig. Ich habe Angst, dass der geschwätzige Bürgermeister sich verplappert und Drago oder sein Bruder Wind davon bekommen. Dann können wir es nie mehr beweisen. Ich fürchte, wir müssen es darauf ankommen lassen.«

»Was meinst du?«, fragte ich.

»Überlegt doch mal«, sagte Amanda. »Wenn ich Recht habe, dann hat Drago, sein Bruder oder beide von Anfang an versucht den Winterbau zu verhindern, indem sie ›Zwischenfälle‹ verursachten, wie es der Bürgermeister genannt hat. Erst Lulus Unfall, dann Dragos Unfall und dann der Tiger von Siegfried Roy. Als der verhaftet wurde, haben sie wahrscheinlich gedacht, sie hätten es geschafft. Aber sie haben nicht damit gerechnet, wie sehr sich der Bürgermeister diesen Winterbau wünscht. Was würdet ihr machen, wenn ihr an der Stelle von Drago oder seinem Bruder wärt?«

»Ich würde es noch mal versuchen!«, rief ich, als ich ahnte, worauf Amanda hinaus wollte. »Heute Abend!«

»Genau so würde ich es auch machen. Eine bessere Gelegenheit den Zirkus in Verruf zu bringen, bekommen sie nicht mehr. Schließlich wird der gesamte Stadtrat versammelt sein. Und wenn genau dann etwas passiert, lehnen sie den Winterbau mit Sicherheit ab.«

»Und darauf willst du es ankommen lassen?«, fragte Blümchen. »Ist das nicht sehr gefährlich? Wenn sich nun jemand dabei verletzt?«

»Das ist leider das Problem«, seufzte Amanda. »Wir müssen einen Beweis erbringen, aber gleichzeitig verhindern, dass ein weiterer Unfall passiert. Am besten wäre es, wenn wir sie auf frischer Tat ertappten. Nur, das – fürchte ich – werden wir nicht allein schaffen.«

»Wer könnte uns denn dabei helfen?«, fragte ich.

»Ich glaube, es wird Zeit, dass wir die Polizei einschalten«, antwortete Amanda.

* 13 *

»Sister X lasse ich lieber hier«, meinte Amanda, als wir Bubi vor dem Polizeipräsidium geparkt hatten. »Ich will kein Risiko eingehen.«

Leider hatte Papa an diesem Vormittag frei. Wir mussten also mit Kommissar Pauer vorlieb nehmen.

»Welch hoher Besuch!«, begrüßte er uns. »Was verschafft mir die Ehre?«

»Wir brauchen Ihre Hilfe«, sagte Amanda, ohne auf Pauers ironische Bemerkung einzugehen.

Kommissar Pauer nahm ein Ohrläppchen zwischen seine Finger und rüttelte daran. »Habe ich mich gerade verhört? Oder haben Sie tatsächlich gesagt, Sie brauchen meine Hilfe? Ich denke, Sie sind Wahrsagerin und Geisterbeschwörerin? Warum gucken Sie nicht in Ihre Kristallkugel oder bitten einen Geist um Hilfe?«

»Medium haben Sie vergessen«, entgegnete Amanda. »Ich bin auch noch Medium. Aber lassen wir diese Spielchen, Herr Pauer. Ich brauche wirklich Ihre Hilfe.«

»Also gut«, sagte der blödeste Kommissar, dem ich jemals begegnet bin. »Was wollen Sie von mir?«

»Es geht um die Zwischenfälle im Circus Barone.«

»Was soll das?«, fragte Pauer und zog die Stirn kraus. »Der Fall ist für uns abgeschlossen.«

»Für Sie vielleicht, aber nicht für uns«, sagte Amanda.

»Das ist Ihr Problem.«

»Ist es auch unser Problem, wenn sich jemand verletzt oder gar Schlimmeres passiert?«

Kommissar Pauer sprang von seinem Stuhl auf. »Jetzt reicht es mir aber! Sagen Sie endlich klar und deutlich, was Sie wollen!«

»Na gut!«, schnaufte Amanda. »Wir wollen, dass Sie den Zirkus während der heutigen Abendvorstellung überwachen und sicherstellen, dass nicht noch ein Anschlag verübt wird!«

»Und warum das?«, fragte Kommissar Pauer, nachdem er sich wieder gesetzt hatte.

»Weil ich fürchte, dass noch ein Anschlag verübt wird.«

»Wie kommen Sie denn zu dieser Befürchtung?«

»Es ist nur so eine Ahnung«, sagte Amanda nach einigem Zögern.

Wieder sprang Kommissar Pauer auf. Da hätte er auch gleich stehen bleiben können. »Eine Ahnung?«, brüllte er. »Sie wollen, dass ich einen ganzen Zirkus überwachen lasse, weil Sie eine Ahnung haben? Wissen Sie eigentlich, was so eine Überwachung kostet?«

Noch bevor Amanda antworten konnte, öffnete sich die Tür zu Kommissar Pauers Büro und Kriminalrat Beinlein kam herein. Darüber war ich sehr froh. Er ist

DIE POLIZEI
IHR FREUND
UND HELFER
POLI

der Chef von Papa und Herrn Pauer. Er hat uns schon einige Male geholfen.

»Was ist denn das für ein Lärm?«, fragte er. »Warum schreien Sie so, Herr Pauer? – Ach, ihr seid es, Kinder. Und Frau – äh, Amanda. Was können wir für Sie tun?«

»Ich habe Herrn Pauer gebeten den Circus Barone während der Abendvorstellung zu überwachen«, antwortete sie. Dabei fiel es ihr augenscheinlich schwer, ruhig zu bleiben.

Kriminalrat Beinlein sah erst Amanda und dann Kommissar Pauer ungläubig an. »Ja, und? Das haben wir doch sowieso vor.«

»Was sagen Sie da?«, brüllte nun Amanda Kommissar Pauer an. »Sie haben es sowieso vor? Und da lassen Sie mich hier Männchen machen?«

»Ja, wir werden den Zirkus überwachen«, sagte Pauer ganz ruhig. »Aber nicht deshalb, weil Sie eine *Ahnung* haben.«

»Sondern?«

»Das geht Sie nichts an!«

Kriminalrat Beinlein hob die Hände. »Nun streiten Sie sich doch nicht! Ich schlage vor, wir setzen uns und bereden alles in Ruhe.«

»Sie glauben also, Drago Rapp und sein Bruder stecken dahinter«, meinte Kriminalrat Beinlein, als Amanda ihm von unserem Verdacht erzählt hatte, dieses Mal, ohne von Pauer unterbrochen worden zu sein.

»Ja«, antwortete Amanda. »Das ist für mich die einzig logische Erklärung.«

»Sie wissen, dass das eine sehr schwere Anschuldigung ist. Und Sie haben nicht den geringsten Beweis.«

»Das ist ja das Problem«, sagte Amanda. »Es bleibt uns nichts anderes übrig, als sie auf frischer Tat zu ertappen und zu hoffen, dass nichts passiert.«

»Ich weiß«, seufzte Kriminalrat Beinlein. »Das war ja auch der Grund für uns, die Überwachung anzuordnen. Nur sind wir von Siegfried Roy als Täter ausgegangen. Wir haben überhaupt nicht verstanden, warum ihn der Richter auf Kaution freigelassen hat. Aber leider arbeiten Polizei und Gerichte nicht immer gut zusammen.«

»Ich halte Siegfried Roy für unschuldig«, sagte Amanda. »Er hat kein Motiv.«

»Doch, das hat er!«, meldete sich Kommissar Pauer nun wieder zu Wort. »Er will den Winterbau verhindern.«

»Das glaube ich nicht«, erwiderte Amanda. »Das hat er nicht nötig. Er ist ein so guter Raubtierdompteur, dass er schnell wieder ein neues Engagement finden würde.«

»Letztendlich ist es ja gleichgültig, wer Recht hat«, sagte Kriminalrat Beinlein. »Wir müssen auf jeden Fall den Zirkus überwachen.«

»Meine Freunde und ich unterstützen Sie dabei gern«, schlug Amanda vor.

»Nein danke!«, rief Kommissar Pauer sofort. »Das hat uns gerade noch gefehlt!«

»Moment, Moment«, unterbrach ihn sein Chef. »Mir

ist jedes Augenpaar, das aufpasst, recht. Das sollten Sie auch so sehen, Herr Kollege Pauer. Und übrigens erwarte ich von Ihnen, dass Sie jeden unserer Gäste auch entsprechend behandeln! Haben wir uns verstanden?«

»Jawohl, Herr Kriminalrat«, sagte Herr Pauer kleinlaut. Das tat gut!

Als wir nach Hause kamen, war Papa zunächst entsetzt, als er erfuhr, dass wir bei Kommissar Pauer und Kriminalrat Beinlein gewesen waren. Als wir ihm dann aber erzählten, dass Herr Beinlein auf unserer Seite war und dann auch noch Kommissar Pauer zur Schnecke gemacht hatte, freute er sich wie ein kleiner Junge an Weihnachten.

Den Rest des Nachmittags waren wir damit beschäftigt, unsere »Beobachtungsposten« zu organisieren, wie Amanda es genannt hatte.

Sie rief ihr Geisterkränzchen an, während Opa Schraube seine Jungs aus dem Boxclub alarmierte.

Blümchens Opa war hellauf begeistert von unserem Plan. »Endlich ist mal wieder was los!«, freute er sich.

Und dann hatte Amanda auch noch einen Spezialauftrag für ihn.

»Lassen Sie bitte Siegfried Roy nicht eine Sekunde aus den Augen«, schärfte sie ihm ein. »Wenn er wieder der Sündenbock sein soll, dann müssen wir beweisen können, dass er unschuldig ist.«

»Warum soll denn gerade ich das machen?«, fragte Opa Schraube.

»Weil das die wichtigste Aufgabe ist und Sie der Verlässlichste von allen sind«, antwortete Amanda.

»Ach so«, sagte Opa Schraube nur und wuchs um zehn Zentimeter.

Als wir dann zum Zirkus kamen, waren wir überrascht, wie schön Carlos Barone und seine Leute alles hergerichtet hatten. Das ganze Zirkuszelt war geschmückt und festlich beleuchtet. Der Direktor strahlte, als wäre er zehnmal in der Waschmaschine gewaschen worden. Überhaupt waren alle gut gelaunt und schienen sich auf den Abend zu freuen. Sogar das Wetter spielte mit. Die Sonne ging gerade feuerrot unter. Ich konnte mir kaum vorstellen, dass an einem so schönen Abend etwas Schlimmes passieren sollte.

Amanda hatte ihre »Beobachtungsposten« gut im Zuschauerraum verteilt. Sie selbst, Sister X, Blümchen und ich durften am Manegeneingang stehen. Das hatte uns Carlos Barone erlaubt.

»Schließlich gehört ihr immer noch dazu«, hatte er gemeint.

Das war ein tolles Gefühl, obwohl ich auch ein wenig traurig darüber war, dass wir nicht mehr auftreten durften.

Bei der Ankunft des Bürgermeisters wurde es noch einmal hektisch. Alle Artisten mussten sich der Reihe nach aufstellen, um den hohen Besuch zu begrüßen. Klemens Schwatz genoss es sichtlich, von den Artisten begrüßt zu werden und dabei jedem huldvoll zuzunicken. Nun war er doch ein kleiner Zirkusdirektor geworden.

Noch während der Bürgermeister durch das Spalier der Artisten schritt, sah ich, dass Verona erst auf den Direktor einredete, dann den Kopf in den Nacken warf und sich beleidigt verzog.

Amanda hatte es wohl auch gesehen. »Was wollte Verona denn?«, fragte sie Carlos Barone gleich.

»Stellen Sie sich vor, Frau Amanda«, keuchte der Direktor. »Sie hat mir wahrhaftig vorgeschlagen, ich solle die Vorstellung absagen! Sie habe wieder eine Vision gehabt – Sie wissen schon. Von einem Fluch hat sie geredet! Lauter wirres Zeug!«

»Und was tun Sie? Blasen Sie die Vorstellung ab?«

»Sind Sie verrückt? Dann können wir den Winterbau gleich vergessen. Nein, nein. Verona will sich nur wieder wichtig tun. Sie wissen ja, wie Sie ist«, sagte der Direktor und bekam rote Ohren.

»Ob sie doch hellsehen kann?«, fragte Blümchen, als Carlos Barone davoneilte, um den »verehrten Herrn Bürgermeister« und die anderen »hohen Gäste« zu begrüßen.

Amanda schüttelte ärgerlich den Kopf. »Ganz sicher kann sie das nicht. Da steckt etwas anderes dahinter. Auf jeden Fall haben wir mit unserer Vermutung Recht. Heute Abend wird etwas passieren. Uns darf nichts entgehen!«

Während der Auftritte der ersten Artisten geschah nichts Außergewöhnliches. Mir fiel nur auf, dass sich alle besonders große Mühe gaben. Jeder schien zu wollen, dass es ein gelungener Abend wurde.

Jeder?

Schließlich war die weise Verona an der Reihe. Schon als sie auf ihren hochhackigen Schuhen an uns vorbeiknickste, hatte ich kein gutes Gefühl. Das sollte sich leider sehr schnell bestätigen.

»Geehrte Damen und Herren!«, rief sie mit ihrer Piepsstimme, kaum dass sie in der Mitte der Manege stand. »Heute ist ein ganz besonderer Abend! Darum kann ich, die weise Verona, Sie eine ganz besondere Überraschung ankündigen! Was ich Sie heute Abend verraten werde, wird Sie von den Stühlen hauen!«

Während die weise Verona ihre Ankündigung machte, bei der sie, wie immer, mit der deutschen Sprache kämpfte, war Carlos Barone der Ohnmacht nahe.

Er stand nur ein paar Schritte neben uns und kniff sich selbst in seine Wangen, als wollte er aus einem bösen Traum erwachen. »Warum macht sie das nur?«, jammerte er. »Warum macht sie alles kaputt?«

»Also gut, du *Wahrsagerin!*«, schnaubte Amanda plötzlich neben mir. »Dich mache ich fertig! Sister X! Komm!«

Wie ein Stier lief sie, den Oberkörper nach vorne gebeugt, in die Manege. Sister X konnte ihr kaum folgen. »Und ihr passt weiter auf!«, rief sie Blümchen und mir noch zu.

Amanda stellte sich neben Verona und breitete die Arme aus. »Meine Damen und Herren! Die Sensation, die meine *verehrte* Kollegin Ihnen gerade angekündigt hat – bin ich!«

Dann verbeugte sie sich tief – und Sister X verbeugte sich auch.

Das brachte Amanda den ersten jubelnden Applaus ein, während Veronas Unterkiefer auf ihr Dekolleté klappte.

»Wir beide«, verkündete Amanda, »werden Ihnen etwas zeigen, das Sie noch nie gesehen haben: einen Wettstreit der Wahrsagerinnen!«

* 14 *

»Wettstreit?«, piepste Verona. »Was für ein Wettstreit?«

»Oh!«, rief Amanda dem Publikum zu. »Meine verehrte Kollegin scheint es ganz vergessen zu haben! Vielleicht hat sie aber auch Angst!«

Lautes Lachen aus dem Publikum.

Augenscheinlich wurde Verona klar, dass Amanda sie in eine Situation gebracht hatte, aus der sie nicht mehr herauskam, wollte sie sich nicht blamieren.

»Also gut!«, rief sie. »Dann machen wir eben diesen blöden Wettkampf!«

»Na also!«, verkündete Amanda. »Doch ich will natürlich nicht im Vorteil sein, denn ich habe ja mein außerirdisches Medium dabei!«

Dabei zeigte sie auf Sister X, die sich auf die Hinterbeine stellte und um Amanda herumtänzelte. Das Publikum tobte vor Begeisterung.

»Also soll meine verehrte Kollegin auch ein Hilfsmittel haben! Wie wäre es mit einer Kristallkugel?«

Ich weiß nicht, wie sie es gemacht hatte, aber plötzlich hielt Amanda eine Kristallkugel in der Hand. Ich erinnerte mich daran, dass bei unserem letzten Fall auch eine

Kristallkugel eine Rolle gespielt hatte. Der Schokoladenbonbonfabrikant Ernst Satt hatte sie einer Wahrsagerin aus dem Zirkus abgekauft. Ob das Verona gewesen war?

Verona riss Amanda wutschnaubend die Kugel aus der Hand.

»Dann kann es jetzt losgehen!«, rief Amanda. »Womit fangen wir an? Wie wäre es mit Alter erraten?«

»Oh ja!«, piepste Verona. »Das kann ich! Das kann ich!«

Wie in den anderen Vorstellungen zuvor, ging Verona nun zu einem Zuschauer, zog eine kleine Schau ab und nannte ihm sein Alter. Anschließend kam Amanda und sagte eine andere, höhere Zahl. Jeder Zuschauer bestätigte das von Amanda genannte Alter als das richtige. Amandas Plan ging auf: Verona setzte also auf die Eitelkeit der Leute und Amanda darauf, dass niemand gern lügt. Selbst aus einiger Entfernung sah man, dass Verona vor Wut kochte.

Doch es kam noch schlimmer. Amanda klärte Verona lautstark auf, wie man richtig aus der Hand liest und ließ das Publikum wissen, dass Verona noch nicht einmal in der Lage war, die Lebenslinie in einer Hand zu erkennen.

Und so ging es immer weiter. Amanda kannte keine Gnade. Sie blamierte Verona, wo sie nur konnte. Schließlich buhte und pfiff das Publikum die weise Verona aus, ganz gleich, was sie sagte, während Amanda tosenden Beifall erntete. Verona tat mir beinahe Leid.

»Und nun kommen wir zum Höhepunkt, meine Damen und Herren!«, verkündete Amanda. »Lassen Sie uns in die Zukunft blicken! Was wird uns der heutige Abend noch bringen? Wir werden es Ihnen sagen, doch nur eine von uns hat Recht!«

Blümchen riss mit ihren Boxerkräften meinen Arm herum. »Jetzt weiß ich, was sie vorhat! Jetzt weiß ich es!«

»Aua!«, rief ich. »Was meinst du denn?«

»Sie will, dass die Zuschauer Verona nicht mehr glauben, egal, was sie sagt!«

Blümchen hatte Recht. Das musste Amandas Plan sein.

»Was soll ich denn jetzt machen?«, fragte Verona weinerlich.

»Haben Sie gehört, meine Damen und Herren? Sie weiß nicht, was sie tun soll. Dabei hat sie doch eine Kristallkugel.«

»Ach ja«, sagte Verona schnell und hielt sich die Kugel vors Gesicht. Plötzlich blitzte etwas in ihren Augen auf, als sähe sie eine Chance doch noch ihr Ziel zu erreichen.

»Geehrte Damen und Herren!«, rief sie. »Ich habe eine Vision! Eine schreckliche Vision! Ich sehe das Zelt zusammenbrechen! Noch in dieser Vorstellung! Sie müssen alle sofort nach Hause gehen!«

Plötzlich wurde es sehr still im Publikum. Ob Amandas Plan doch nicht aufgehen würde?

Amanda ging in die Knie und sah Sister X lange in die Sonnenbrille. Dann stand sie wieder auf und hob ebenfalls die Arme. »Sehr geehrte Damen und Herren! Ich habe in der Sonnenbrille meines außerirdischen Mediums etwas ganz anderes gesehen! Ich sah, dass jeder von Ihnen in der Pause eine Erfrischung erhält! Und zwar auf Kosten unseres verehrten Zirkusdirektors! – Nun ist die Frage: Wer von uns beiden hat Recht? Dazu fragen wir den Mann, der es wissen muss. Unseren verehrten Direktor Carlos Barone!«

So schnell hatte ich Carlos Barone noch nie in die Manege watscheln sehen. »*Sie* haben Recht, liebe Amanda! Jeder Zuschauer erhält in der Pause eine Erfrischung auf meine Kosten!«, rief er und warf seinen Zylinder in die Luft.

Im gleichen Augenblick verwandelte sich die Stille im Zuschauerraum in jubelnden Beifall.

Amanda hatte gewonnen – und Verona war erledigt. Das hatte sogar die dämliche »weise« Verona kapiert.

Als sie aus der Manege flüchtete, die Amanda unter tosendem Beifall verließ, stürzte sie sich gleich auf Carlos Barone. Mit beiden Fäusten hämmerte sie auf ihn ein. »Du bist so gemein! Gemein! Gemein! Warum hast du sie gewinnen lassen?«

Der Direktor hielt ihre Arme fest. »Weil du sonst alles kaputtgemacht hättest! Ich bin fertig mit dir!«

»Aber Knuddelbärchen!«

»Es hat sich ausgeknuddelt! Du bist gefeuert! Pack deine Sachen! Ich will dich hier nicht mehr sehen!«

»Nein!«, rief Amanda. »Sie darf nicht gehen! Sie weiß etwas! Und das soll Sie der Polizei sagen!«

»Aber –«

Amanda ließ den verdatterten Direktor nicht zu Wort kommen. »Und Sie sagen sofort Ihren Leuten Bescheid, sie sollen die Zeltbefestigungen überprüfen. Sofort!«

Carlos Barone stand da, als hätte er sich in Stein verwandelt und starrte Amanda ungläubig an.

»Nun gehen Sie schon!«, brüllte Amanda ihn an.

Endlich setzte sich der Direktor in Bewegung.

»Und sagen Sie Kommissar Kaminski und Kommissar Pauer, Sie sollen herkommen!«, rief sie ihm nach.

Dann ging Amanda langsam auf Verona zu, die Schritt für Schritt zurückwich, bis sie an der Zeltwand angelangt war.

Dicht vor ihr blieb Amanda stehen und hielt ihr den Zeigefinger vor die Nase. »Und Sie rühren sich nicht vom Fleck. Sister X wird auf Sie aufpassen«, sagte sie leise. »Wenn Sie sich auch nur bewegen, verwandelt mein Schaf Sie in eine hohle Nuss. Dazu ist ja nicht mehr viel nötig.«

Als hätte sie es verstanden, stellte sich auch Sister X dicht vor Verona und sah sie durch ihre Sonnenbrille an. Verona blieb bibbernd an der Zeltwand stehen, starrte mit schreckensweiten Augen auf Sister X und wagte kaum zu atmen.

Es dauerte ziemlich lange, bis endlich Papa und Herr Pauer auftauchten, um Verona von Sister X zu befreien. Sie dankte es Papas Kollegen mit einem Augenklimpern.

»Stellen Sie sich vor, Amanda!«, keuchte Carlos Barone, der kurz nach Papa und Herrn Pauer auftauchte. Er war völlig außer Atem. »Stellen Sie sich nur vor! Sie hatten tatsächlich Recht! Es waren mehrere Zeltbefestigungen gelockert worden! Ich verstehe das nicht! Die Befestigungen kann man nur mit Spezialwerkzeug lockern. Und ausgerechnet von diesem Werkzeug fehlt etwas in dem Werkstattwagen!«

»Das lassen wir ja schon suchen«, versuchte Papa den aufgelösten Direktor zu beruhigen. »Es wird sich bald alles aufklären.«

»Woher haben Sie gewusst, dass die Zeltbefestigungen gelöst worden waren?«, fuhr Pauer Amanda an. »Schließlich haben Sie ihm gesagt, er soll sie kontrollieren!«

»Ist denn jetzt alles wieder in Ordnung?«, fragte Amanda den Direktor, ohne sich um Herrn Pauer zu kümmern.

»Ja! Gott sei Dank! Meine Leute haben alles in Ordnung gebracht. Zum Glück war es sowieso nicht ganz so schlimm. Selbst wenn sich die Befestigungen ganz gelöst hätten, wäre nicht viel passiert. Die Zuschauer hätten nur einen mächtigen Schrecken bekommen.«

»Das war ja auch beabsichtigt«, sagte Amanda.

»Zum Glück ist jetzt Pause«, sagte der Direktor mit dankbarem Lächeln. »Niemand hat etwas gemerkt. Ach, Amanda, Sie haben uns gerettet. Das werde ich Ihnen nie vergessen. Niemals!«

Herr Pauer baute sich vor Amanda auf. »Bevor Sie

hier als Heldin durch die Manege getragen werden, stelle ich Ihnen die Frage noch einmal: Woher haben Sie gewusst, dass mit den Zeltbefestigungen etwas nicht in Ordnung war?«

»Ich habe es nicht gewusst. Das war sie«, sagte Amanda ruhig und zeigte auf die bibbernde Verona.

»Das stimmt!«, rief ich. »Sie hat in der Vorstellung gesagt, das Zelt würde zusammenbrechen.«

Als Kommissar Pauer sich umsah und nur nickende Zustimmung entdeckte, ging er langsam auf Verona zu und baute sich nun vor ihr auf. »Dann stelle ich jetzt Ihnen diese Frage. Woher haben Sie von den gelockerten Zeltbefestigungen gewusst?«

»Eine Vision«, antwortete Verona mit zitternder Stimme. »Ich hatte eine Vision! Und dann der Fluch des Papageis!«

»Reden Sie nicht so einen Schwachsinn!«, fuhr Pauer sie an. »Das muss ich mir von der alten – von Amanda X schon genug anhören!«

»Aber wenn es doch eine Vision war! Ganz bestimmt! Glauben Sie mir doch! Sie sind so ein netter und attraktiver Mann!«, jammerte Verona und klimperte, was die Augenlider hergaben.

»Ihr Süßholzraspeln können Sie sich sparen«, sagte Kommissar Pauer gefährlich leise. »Also, zum letzten Mal, woher haben Sie davon gewusst?«

In dem Augenblick war ich ganz froh, dass Kommissar Pauer so war, wie er war. Ich weiß nicht, ob Papa Veronas Blick und Augenklimpern standgehalten hätte.

Verona sah wohl ein, dass sie ihr Pulver verschossen hatte. Man konnte regelrecht beobachten, wie sie innerlich zusammenbrach.

»Ich habe es gesehen!«, schluchzte sie. »Ich habe alles gesehen!«

Der Direktor sprang auf sie zu und packte sie an den Schultern. »Was hast du gesehen? Sag sofort, was du gesehen hast!«

Verona heulte laut auf, bevor sie antwortete. »Ich habe gesehen, wie die Zeltbefestigungen gelockert wurden! Beobachtet habe ich das. Jawohl!«

»Und was war mit Lulus Unfall?«, fragte Amanda. »Wieso haben Sie das auch vorher gewusst?«

Verona schniefte laut hörbar. »Das habe ich auch gesehen. Ich habe beobachtet, wie die Treppe manipuliert wurde. Aber das war nur Zufall! Das hat mich ja erst auf die Idee gebracht.«

Kommissar Pauer stemmte die Fäuste in die Hüfte und drehte sich zu uns um, als suchte er in unseren Gesichtern nach einer Erklärung für das, was er gerade gehört hatte.

»Das ist doch nicht wahr!«, rief er dann. »Das ist doch wohl nicht Ihr Ernst! Sie haben die Verletzung, ja vielleicht sogar den Tod eines Menschen in Kauf genommen, nur um Ihre kleine, billige Show abzuziehen?«

»Ich habe es doch nur gemacht, weil mir niemand geglaubt hat, dass ich wirklich wahrsagen kann!«

»Das können Sie ja auch nicht«, sagte Amanda ungerührt.

»Kann ich wohl! Und außerdem leben alle noch. Es ist ja niemandem was passiert!«

»Das ist aber nicht Ihr Verdienst!«, brüllte Kommissar Pauer sie an. »Wie tief muss ein Mensch sinken, um so etwas zu tun?«

Er drehte sich um und kam einen Schritt auf Amanda zu. »Verstehen Sie es jetzt?«, fragte er leise. »Verstehen Sie jetzt, warum ich so bin? Alle sagen, der Pauer ist ein harter Hund, der Pauer ist ein Ekelpaket, den Pauer kann niemand leiden. Aber wenn man Tag für Tag mit solchen Menschen zu tun hat, wird man halt so!«

»*Sie* werden so«, entgegnete Amanda. »Andere nicht.«

Ich konnte Herrn Pauer nicht leiden, und das wird sich wahrscheinlich auch nicht ändern. Aber in dem Augenblick verstand ich, was er damit sagen wollte.

»Herr Kommissar?«, rief ein uniformierter Polizist, der gerade dazugekommen war.

»Ja?«, antworteten Papa und Herr Pauer gleichzeitig.

Der uniformierte Polizist sah einen Augenblick unschlüssig zwischen den beiden hin und her, dann ging er zu Papa und flüsterte ihm etwas ins Ohr.

»Was gibt es?«, fragte Pauer.

»Die Kollegen haben das Werkzeug gefunden«, antwortete Papa. »Im Wagen von Siegfried Roy.«

✶ 15 ✶

»Er ist der Täter! Er ist der Täter!«, kreischte Verona hysterisch. »Ich bin unschuldig!«

»Red keinen Unsinn, Mädchen«, hörte ich eine wohl bekannte Stimme. »Siegfried Roy ist so unschuldig wie ein Baby.«

»Sie auch noch!«, stöhnte Kommissar Pauer auf. »Mir bleibt auch nichts erspart!«

»Das stimmt«, grinste Opa Schraube. »Ich bin nämlich nicht allein.«

Nach und nach gesellten sich Gerda Wolff, Amandas Geisterkränzchen und Opa Schraubes Boxfreunde zu uns. Herr Pauer nahm es fassungslos zur Kenntnis.

»Wieso behaupten Sie, Siegfried Roy wäre unschuldig?«, fragte er Opa Schraube.

»Weil ich an ihm dran war.«

»Wie bitte?«

»Na, ich habe ihn beobachtet, seit er aus dem Knast – ich meine, aus dem Gefängnis entlassen wurde. Er hat nichts getan, außer sich um seine Tiere zu kümmern und in seinem Wagen zu sitzen. Das kann ich beschwören!«

Ich stellte fest, dass Opa Schraube auch ganz gut lügen konnte. Er hatte Siegfried Roy schließlich nur die letzte Stunde beobachtet.

»Er sollte auch dieses Mal wieder der Sündenbock sein«, sagte Amanda. »Darum wurde auch die Kaution für ihn bezahlt, damit man ihm die Sache mit den Zeltbefestigungen in die Schuhe schieben konnte.«

Plötzlich standen Drago und Nele Rapp im Zelteingang.

»Stimmt es, dass Siegfried schon wieder verhaftet wurde?«, fragte Drago.

»Halten Sie ihn fest!«, rief Amanda zwei uniformierten Polizisten zu, die in Dragos Nähe standen.

Die griffen auch gleich zu und hielten ihn fest, jeder an einem Arm.

»Was soll das?«, fuhr Pauer die beiden an. »Ist sie neuerdings Ihre Vorgesetzte?«

Die beiden Polizisten ließen Drago wieder los.

»Halten Sie ihn fest«, sagte Papa daraufhin.

Die beiden Polizisten griffen wieder nach Dragos Armen und sahen sich ratlos an.

»Was soll das?«, rief Drago. »Ich verlange eine Erklärung!«

Es tat mir fast weh, den schönen Drago so zu sehen, und auch Blümchen machte ein Gesicht, als würde ihr gleich das Herz brechen.

Amanda ging wieder einen Schritt auf die immer noch schluchzende Verona zu. »Verona«, sagte sie fast beschwörend. »Machen Sie jetzt keinen Fehler. Sie können vielleicht sogar einen Teil Ihrer Schuld wieder gutmachen. Sagen Sie uns, wen Sie an Lulus Treppe und bei den Zeltbefestigungen beobachtet haben.«

Kommissar Pauer ließ sie gewähren. Er hatte den Kopf schief gelegt und beobachtete Amanda und Verona interessiert. Er hätte es wahrscheinlich auch nicht besser machen können.

Verona sah Amanda flehend an, doch die hielt ihrem Blick stand. Es wurde plötzlich sehr still. Amanda und sie standen noch eine ganze Weile bewegungslos da und sahen sich an. Es war, als hielten alle die Luft an.

Dann blickte Verona sich um, als suchte sie jemanden, der ihr half. Endlich hob sie einen Arm und zeigte mit zitternden Fingern auf Drago.

»Was soll das?«, schrie er. »Ist das eine Verschwörung? Sie werden dieser dummen Pute doch wohl nicht glauben?«

»Wohl habe ich dich gesehen!«, rief Verona. »Dich und noch einen!«

»Wen haben Sie denn noch gesehen?«, fragte Kommissar Pauer.

»Weiß ich nicht. Kenne ich nicht. Sah aber so ähnlich wie Drago aus.«

»Es war Ihr Bruder, stimmt's?«, fragte Amanda Drago.

Nele Rapp sah ihren Mann ungläubig an. »Das ist nicht wahr, oder? Du hast doch nichts damit zu tun? Sag, dass du nichts damit zu tun hast!«

»Ich habe es deinetwegen gemacht!«, platzte es aus Drago heraus. »Bernhard hat mir Geld geboten, wenn das Winterquartier nicht gebaut wird, damit er an den

Auftrag für das Einkaufszentrum kommt. Davon hätten wir dir die Pferdezucht kaufen können!«

»Du Idiot! Du Vollidiot!«, schrie Nele ihren Mann an. »Das war es doch nicht wert!«

Dragos Geständnis und der Streit zwischen ihm und Nele war allen ziemlich peinlich. Jedenfalls hatten die beiden Polizisten wohl ihren Griff gelockert. Mit einer Drehung machte sich Drago frei und rannte aus dem Zelt.

»Verdammt, der haut ab!«, rief Kommissar Pauer.

»Bleiben Sie stehen!«, rief Papa ihm nach. »Sie kommen hier nicht weg! Wir haben alle Zugänge blockiert! Sie machen doch alles nur noch schlimmer!«

»Drago läuft zu den Ställen!«, rief Carlos Barone plötzlich. »Er will mit einem Pferd fliehen!«

»Wo sind unsere Autos?«, fragte Pauer einen Polizisten.

»Auf der anderen Seite des Geländes. Das schaffen wir nicht!«

»So ein Mist! Was machen wir denn jetzt? Der geht uns durch die Lappen!«

Plötzlich hörten wir Drago. Er kam direkt auf das Zelt zugeritten. Wahrscheinlich wollte er in den kleinen Wald auf der anderen Seite. Genau in dem Augenblick tauchte Lulu mit ihren Hunden auf. Sie wollte wohl zu ihrem Auftritt, denn sie hatte ja, wie die meisten anderen Artisten und die Zuschauer, von den aufregenden Ereignissen nichts mitbekommen.

Als sie Dragos Pferd sah und Drago sie entdeckte, war

es zu spät. Er konnte nicht mehr ausweichen und sie war mit ihrem Gipsbein viel zu langsam.

Plötzlich hörten wir einen Aufschrei. »Lulu!« Wie aus dem Nichts tauchte Beppino auf und warf sich Lulu entgegen. Gemeinsam fielen sie zu Boden und Dragos Pferd galoppierte nur ein paar Zentimeter von ihren Köpfen entfernt an ihnen vorbei.

»Den schnappe ich mir!«, rief Opa Schraube. »Wo ist mein Fahrrad?«

Frau Wolff hielt sich vor Schreck die Hand vor die Brust. »Vater! Du kannst ihn doch nicht auf dem Fahrrad verfolgen.«

»Klar kann ich das. Das schaffe ich locker!« Und schon strampelte er los, als wollte er die Tour de France gewinnen.

»Vater! Dein Blutdruck!«, rief Gerda Wolff ihm nach, aber da war er schon in der Dunkelheit verschwunden.

»So ein Angeber«, hörte ich Amanda leise neben mir sagen. Dann beugte sie sich zu Sister X hinunter. »Sister X, fass!«, flüsterte sie in ihr Ohr. Amandas Schaf zögerte nicht lange, sondern trabte gleich los.

Ich sah Blümchen an, doch die zuckte nur mit den Schultern. Sie hatte Recht. Amanda zu fragen, ob Sister X Drago tatsächlich einholen konnte, hatte keinen Sinn. Erstes würde sie nichts sagen und außerdem hatten wir auf die Art schon einmal einen Gauner geschnappt. Warum sollte es dieses Mal nicht wieder klappen? Obwohl ich mir nicht vorstellen konnte, dass ein Schaf schneller als ein Pferd sein konnte.

Ich täuschte mich. Schon nach ein paar Minuten tauchten vier Gestalten aus der Dunkelheit auf: ein Pferd, Drago Rapp, Opa Schraube mit seinem Fahrrad und Sister X.

Drago ging ohne Widerstand neben Opa Schraube her und ließ sich auch ohne Gegenwehr abführen.

Dabei murmelte er immer wieder: »Dieses Schaf! Es war plötzlich vor mir und da ist mein Pferd einfach stehen geblieben.«

»Wie hat Sister X das gemacht?«, fragte ich Amanda leise.

»Vermutlich hat sie dem Pferd gesagt, es soll stehen bleiben. Mit Tieren kann sich Sister X nämlich besonders gut unterhalten. Aber das wisst ihr ja schon.«

»Ach, Amanda!«, sagte Blümchen nur.

Als Blümchen und ich einige Tage später bei Amanda saßen, läutete das Telefon. Es war Carlos Barone. Amanda schaltete den Lautsprecher ein, damit wir zuhören konnten.

»Stellen Sie sich vor, Amanda!«, brüllte der Zirkusdirektor ins Telefon. »Gerade habe ich den Vertrag mit der Stadt unterschrieben. Das Winterquartier wird gebaut! Jetzt habe ich es schwarz auf weiß!«

»Das ist ja zaubergalaktisch!«, lachte Amanda. »Herzlichen Glückwunsch!«

»Und das habe ich nur Ihnen zu verdanken!«, rief Carlos Barone.

»Ach was! Nun übertreiben Sie mal nicht!«

»Nein, nein! Das meine nicht nur ich. Darum haben wir beschlossen Ihnen ein großes Fest auszurichten. Noch eine Galavorstellung! Nur zu Ihren Ehren!«

»Aber das ist doch nicht nötig!«, rief Amanda.

»Keine Widerrede. Sie haben es verdient. Und Ihre Assistentinnen und alle Ihre Freunde – und natürlich auch Sister X – sind ebenfalls herzlich eingeladen!«

»Dann komme ich gerne. Vielen Dank!«

Blümchen und ich freuten uns ein Loch in den Bauch.

»Es gibt aber noch viel mehr Neuigkeiten«, fuhr der Direktor aufgeregt fort. »Stellen Sie sich vor, Lulu und Beppino wollen sich auf Ihrer Feier verloben!«

»Tatsächlich?«

»Ja! Lulu war von Beppinos Rettungsaktion wohl so beeindruckt, dass sie seinen Antrag angenommen hat.«

»Trotz der Socken und der Unterhosen?«, fragte Amanda.

»Wie bitte?«

»Ach nichts«, sagte Amanda und bedeutete uns, dass wir mit dem Kichern aufhören sollten.

»Was wird denn aus Siegfried Roy, wenn Sie im Winter Ihre Vorstellung geben?«, fragte Amanda weiter.

»Wir haben uns geeinigt. Er geht im Winter mit seinen Tieren nach Spanien, wie er es immer getan hat. Ich besorge mir dann für den Winter einen Ersatz. – Wie wäre es? Hätten Sie nicht Lust?«

»Nein danke!«, lachte Amanda. »Mir haben die paar Vorstellungen genügt.«

»Ooooch!«, riefen Blümchen und ich gleichzeitig.

»Nur Nele geht es leider nicht sehr gut, wie Sie sich denken können«, sagte Carlos Barone. »Sie will aufhören.«

»Das wollte sie ja immer schon«, meinte Amanda. »Aber das hat sie sich bestimmt anders vorgestellt.«

»Trotzdem hält sie zu Drago. Sie sagt, weil er es aus Liebe zur ihr getan hat. Sie will die Pferde verkaufen ... «

»Was, die Pferde werden verkauft?«, unterbrach ihn Amanda. »Das ist ja sehr interessant. Wohin werden die Pferde denn kommen?«

»Das steht noch nicht fest«, erwiderte Carlos Barone. »Ich weiß nur, dass Nele von dem Geld den Anwalt für Drago bezahlen will.«

»Herr Kaminski hat erzählt, dass gegen Drago und seinen Bruder Anklage erhoben wurde.«

»Ja, ich weiß«, antwortete der Direktor. »Und gegen Verona auch.«

»Dieses dumme Ding«, sagte Amanda nur.

»Fast hätte sie alles zunichte gemacht. Der Fluch des Papageis! Pah! Aber zum Glück waren Sie ja da und haben uns gerettet. Darum freuen wir uns auch schon auf das Fest!«

»Ich mich auch. Und vielen Dank nochmals!«

»Eines verstehe ich aber immer noch nicht«, sagte ich zu Amanda, als sie den Hörer aufgelegt hatte. »Was hatte Chico mit der ganzen Sache zu tun?«

»Gar nichts, wahrscheinlich«, antwortete Amanda nur.

»Aber du glaubst immer noch, dass es Sister X war, die durch ihn gesprochen hat?«, fragte Blümchen.

»Ja, das glaube ich.«

»Und es hatte etwas mit den Unfällen im Zirkus zu tun?«, fragte ich.

Amanda sah mich an. »Das weiß ich nicht. Wie gesagt, Sister X weiht mich nicht in jedes ihrer Geheimnisse ein. Aber möglicherweise spricht sie ja noch einmal zu uns – in unserem nächsten Fall.«

Joachim Friedrich, Jahrgang 1953, promovierte in Volkswirtschaftslehre und ist Professor für Betriebswirtschaft. Er arbeitete für die Lufthansa und andere Dienstleistungsunternehmen und war als Berater in vielen Ländern tätig. Heute lebt er als freier Schriftsteller mit seiner Familie in Bottrop. Joachim Friedrich gehört zu den erfolgreichsten deutschen Kinderbuchautoren. Von seinen Büchern liegen 40 fremdsprachige Übersetzungen vor.

Bei Thienemann bereits erschienen:
Amanda X – Amanda und die Detektive
Amanda X – Bella und der Poltergeist
4 1/2 Freunde
4 1/2 Freunde und die verschwundene Biolehrerin
4 1/2 Freunde und die Weihnachtsmann-Connection
4 1/2 Freunde und der rätselhafte Lehrerschwund
4 1/2 Freunde und die wachsamen Gartenzwerge
4 1/2 Freunde und das Geheimnis der siebten Gurke
4 1/2 Freunde und der Schrei aus dem Lehrerzimmer
4 1/2 Freunde und das Krokodil im Internet
Tore, Punkte, Streuselkuchen
Tore, Punkte, Sommersprossen
Internet und Currywurst

Die Deutsche Bibliothek – CIP-Einheitsaufnahme
Ein Titeldatensatz für diese Publikation
ist bei Der Deutschen Bibliothek erhältlich

Friedrich, Joachim:
Amanda X – Circus Barone und der Fluch des Papageis
ISBN 3 522 17412 7

Einband- und Innenillustrationen: Edda Skibbe
Einbandtypografie: Michael Kimmerle
Texttypografie: Marlis Killermann
Schrift: Sabon und Remedy
Satz: KCS GmbH, Buchholz/Hamburg
Reproduktion: Die Repro in Tamm
Druck und Bindung: Friedrich Pustet in Regensburg

5 4 3 2 1* 01 02 03 04 05

Thienemann im Internet: www.thienemann.de

Leseprobe

aus: *4½ Freunde und das Krokodil im Internet*
von Joachim Friedrich

»Ein Fall?«, rief Friedhelm. »Will uns jemand beauftragen?«

»Viel besser, Friedhelm!«, rief Kalle. »Viel besser!«

Kalle sah sich nach allen Seiten um und beugte sich zu uns vor. »Stellt euch vor«, flüsterte er. »Wir haben einen anonymen Hinweis bekommen. Und zwar genau zu dem Fall, den ich neulich erwähnt habe.«

»Welcher Fall denn?«, fragte Radieschen.

»Mensch, die Bande, die seltene und geschützte Tiere über das Internet verkauft! Ist das nicht ein Zufall? Aber das ist noch nicht alles!«

»Woher weißt du eigentlich von der E-Mail?«, fragte ich Kalle.

»Mike hat mich vorhin angerufen. Als er heute Morgen seinen Computer angeschaltet hat, war die E-Mail da. Er hat mich gefragt, ob er sie öffnen darf, und als ich es ihm erlaubt habe, hat er sie mir erst vorgelesen und mir dann auch noch einen Ausdruck vorbeigebracht. Der ist wirklich in Ordnung. Ich frage mich, was er an meiner Schwester findet.«

»Eh, Mann eh! Du hast die E-Mail da? Zeig doch mal her!«

Wieder sah sich Kalle um, ob uns auch wirklich niemand beobachtete. Dann zog er vorsichtig ein Blatt Papier aus seiner Jacke. Ich nahm es ihm aus der Hand.

An: macke@aol.de
Von: jolischa@t-online.de

Liebe Detektive von Kalle und Co.!
Ich habe Ihre Homepage gelesen. Sie haben Recht. Auch ich traue der Polizei nicht. Darum wende ich mich an Sie, um Sie auf eine Verdächtige hinzuweisen, die mit der Tierschieberbande, die seltene Tiere über das Internet verkauft, unter einer Decke steckt. Ich weiß nicht, ob die Verdächtige der Kopf der Bande oder nur ein Mitläufer ist. Ich weiß nur, dass sie sich als Musiklehrerin ausgibt und Rotkehl heißt. Doch hinter ihrer freundlichen, normalen Fassade brodeln die schrecklichsten Geheimnisse. Sie soll sich auf Krokodile spezialisiert haben.

Ich bitte Sie im Namen der gequälten Tiere: Bringen Sie dieses Ungeheuer zur Strecke!

Ein Tierfreund

»Eh, Mann eh! Das gibt es doch nicht! Unsere Frau Rotkehl eine Tierschieberin?«

»Krokodile!«, rief Radieschen und schüttelte sich angewidert.

»Ich kann es selbst kaum glauben!«, keuchte Kalle. Seine Ohren waren knallrot. »Aber da steht es schwarz auf weiß!«

Radieschen schüttelte den Kopf. »Ich weiß nicht. Irgendwie kann ich mir das von Frau Rotkehl nicht vorstellen. Sie ist doch eigentlich immer ganz freundlich.«

»Und ein bisschen schusselig, und hat eine Stimme, die Fensterscheiben zerspringen lässt«, ergänzte ich.

»Alles nur Fassade!«, rief Kalle. »Ungeheuer! Brodelnde Geheimnisse! Krokodile!«

»Eh, Mann eh!«, rief Friedhelm. »Jolischa! Wer ist denn das überhaupt?«

»Wahrscheinlich ein Phantasiename«, sagte ich. »Mike nennt sich im Internet ja auch nur ›Macke‹. Ich finde es jedenfalls seltsam, dass der Typ, der die E-Mail geschrieben hat, noch nicht einmal seinen Namen nennen will.«

»Was machen wir denn jetzt?«, fragte Radieschen. »In der vierten Stunde haben wir Musik bei Frau Rotkehl.«

Ich hob die Hände und ging drohend auf meinen ängstlichen Zwillingsbruder zu. »Pass nur auf!«, rief ich. »Sonst verfüttert dich Frau Rotkehl an ihre Krokodile!«

Kalle nahm mir den Zettel aus der Hand. »Ich frage mich, was noch alles passieren muss, damit du unsere Arbeit ernst nimmst, Steffi. Ich finde es jedenfalls gut, dass wir heute Musik bei ihr haben. So können wir ihr ein wenig auf den Zahn fühlen.«

»Du wirst sie doch wohl nicht verhören wollen!«, rief Radieschen. »Denk daran, was passiert ist, als du das beim schönen Gerd versucht hast.«

Kalle winkte ab. »Da war ich nicht gut in Form. Außerdem ist der schöne Gerd ein anderes Kaliber. Mit Frau Rotkehl werde ich locker fertig. Lasst mich nur machen.«

Amanda X – ihr erster Fall

Joachim Friedrich

Amanda und die Detektive

208 Seiten mit Illustrationen, ab 10 Jahren

ISBN 3 522 17352 X

Kommissar Kaminski wird verhaftet. Er ist nicht gerade eine Leuchte unter den Kripobeamten, aber das geht zu weit. Seine Tochter Ricki und ihre Freundin Blümchen sind fest entschlossen ihn wieder rauszuboxen. Zum Glück haben sie Amanda X auf ihrer Seite. Bei diesem Fall – das erkennt sie sofort – muss sie zu außergewöhnlichen Mitteln greifen ...

Amanda X – ihr zweiter Fall

Joachim Friedrich
Bella und der Poltergeist
176 Seiten mit Illustrationen, ab 10 Jahren
ISBN 3 522 17369 4

Ernst Satt, der Schokoladenfabrikant, hat Amanda und die Detektive auf sein hochherrschaftliches Anwesen eingeladen. Dort geschehen merkwürdige Dinge: Kleidungsstücke verschwinden und in der Nacht treibt ein Poltergeist sein Unwesen. Als auch noch Bella Satt verschwindet, muss Amanda wieder eingreifen ...